感悟人生

张祥雷诗文集

张祥雷 著

廣東旅游出版社
GUANGDONG TRAVEL & TOURISM PRESS
悦读书·悦旅行·悦享人生
中国·广州

图书在版编目（CIP）数据

感悟人生：张祥雷诗文集 / 张祥雷著. -- 广州 :广东旅游出版社，2016.1
ISBN 978-7-5570-0262-6

Ⅰ. ①感… Ⅱ. ①张… Ⅲ. ①诗集－中国－当代②散文集－中国－当代
Ⅳ. ①I217.2

中国版本图书馆CIP数据核字(2015)第279905号

出 版 人：刘志松
策划编辑：蔡子凤
责任编辑：刘　灏
　　　　　方银萍
封面设计：刘红刚
装帧设计：谢晓丹
责任技编：刘振华
责任校对：李瑞苑

出版发行：广东旅游出版社
地址：广州市天河区五山路483号华南农业大学公共管理学院14号楼3楼
邮编：510642
邮购电话：020-87348243
网站：www.tourpress.cn
深圳市希望印务有限公司印刷
（深圳市坂田吉华路505号大丹工业园二楼）
开本：965毫米×1280毫米　　1/32
印张：9
字数：36千字
版次：2016年1月第 1 版
印次：2016年1月第 1 次印刷
定价：30.00元

目录

第二辑 生存意识

第三辑 深情厚谊

第五辑 人生旅途

前言

最近通读汪国真诗之后，我感慨万分。他有许多哲理名言，诗歌表述通俗易懂，很容易被现代人接受，甚至连习主席也引用过他的诗句，足见他的诗歌深入人心。

然而可惜汪国真只活了57岁，是英年早逝的著名诗人。我认为这或许是许多名人没有学会看好自己身体的结果。

感慨良多间，我作为一位以活到老学到老为宗旨的79岁的老人，在学会看好自己身体的情况下，让思维能力衰退得较慢，还以写诗为精神寄托，以写出属于自己特色的诗为乐趣。并自称写诗三板斧：形象集中、意境、悬念，总希望能借助自己的诗歌与社会大众产生共鸣。

致张海鸥——海鸥颂

你是军装永不褪色
声音洪亮的长寿星
站在人生历史的长廊
遥望波澜壮阔的大海
掠过海面金光四射的翅膀
是你映在碧海蓝天的身影
长廊充满叫人流连忘返的画卷
容我浮思联翩为你添诗情

（注：张海鸥现年96岁，至今还在书写诗文善画）

第一辑 谈笑风生

你我的心宇内

住着位谈笑风生

即使有灭顶之灾

恶兽般的血盆大口

向我们凶猛扑来

我们内心的谈笑风生

会像中国武术大师

抡起中国武功的铁拳头

叫恶兽嗫然跪倒在地

慑称不敢再为非作歹

开心

这辈子难得有知己，
老来放弃寂寞孤单与忧郁。
眉宇才慢慢自然地敞开，
看你爱笑时我也傻笑不已。
难分难舍时石桌与棋盘，
每一步如矿泉水人也醉。
唯独清醒的是三千年的经典，
开心是人生四季如春的奢侈。

你最知

今人的口味你了如指掌，
有为人处世之独到。
最知今人共有的求知欲，
你笑口常开无可奉告。

好像

名医世家的大医生，
如同举世闻名的御厨。
从生活三餐的食谱里，
端出人人需要之食谱。

你是我心中的精神矿山

你是我心中的精神矿山，
摇身驻进我的生命中枢。
是当今民心之所向，
闪耀着自身独特之神奇。

每个中国字的魅力

你让我老来得诗心，
永远有个惊人的秘诀。
认定你是何方神圣，
方知对众人有如此巨大魅力。
是你一个中国汉字的特色，
让一切碌碌无为望而生畏。
将诗歌从生活的死海救出，
给它个扬眉吐气的时机。

路

曾经西方诗路东方行，
你竟让时间掉头走。
诗歌沉睡的街头巷尾，
一下刮起人心的风暴。

曾经井水河水之陌路人，
今却来个亲密的拥抱。
诗歌成了个鹤发神通，
站上时代的风尖浪口。

在永不回头的时光里

在永不回头的时光里，
唐宋的名篇拉我看距离。
看每个中国汉字的泰山，
看井水不犯河水的到底。

从金光四射的眼中看今胜昔。
看万物万人眼睛的人情味。
“语不惊人死不休”开口了——
我把乐趣的闺女交给你……

热爱美好时光

一个热爱美好时光的人，
难得有个扬眉吐气的机会……
记起康熙帝那句肺腑之言，
以扬长避短来个早睡早起。

投其所好绝非你的处世宗旨，
改变自以为是的自暴自弃。
有十万个为什么等你回答，
其中最大一个是隐私……

中国文化风

你让我看好自己的诗，
同样看好自己的身体。
关键更在广州媒体喊过
大过天的那两个字……

你令我惊奇过的目光，
是男女老少也惊奇的诗。
你这个闲不住的中国汉子，
终会让西风掉头向东方吹。

知己可贵

诗呀诗我泪珠未干的诗，
为什么总站在鼻尖上看自己？
人心怎能繁忙空隙无福享？
今人在千呼万喊到底谁？

人生路上终于盼来一知己，
知己知彼才能所向披靡。
当今谁眼里没有比天还大？
笑口常开大笑才有泪。

天机

你已变为天，说了句对不起，
天要出手了，明知对人类不利。
然而天不是宁受委屈的豹子，
面对人类的真枪实弹望而生畏。

正如人说，天既有情却无义，
是旧事物都须一概夷为平地！
才是人类切切实实的理想，
终究是你不可泄露的天机。

今胜昔

人越开心日子越好过，
是你给我一个开心的动力。
我为有外孙是飞行员而自豪，
你用开心叫我去乘他的飞机。

女儿入住新别墅当天，
外孙女要我为她写首即席诗。
我今生今世与诗歌有缘，
长驻内心有个你的今胜昔。

爱心

你用问寒呵暖的爱心，
关心我，当然包括众人。
也对你眼下的事物如一，
无可逆转的天理有阳还有阴……
像我不敢埋怨父亲远去之残忍，
残忍的事物无时不在虐待我全身。
春天永远有个不可告人的秘密，
堪我的求生欲去探索终生……

淡定是人人自备的双刃剑

有幸活到这繁荣昌盛年代，
你给我以一应万变这秘诀。
处处有爱心里潜在万个万一，
万一有祸害降临自己体内，
淡定是把人人自备的双刃剑。

当灾难降临一位亲人的头上，
他的双刃剑只能抵住
生命的第一道防线。
来到新春佳节他打败仗了，
是他没知识又听不进苦口良言。

我之所以从死亡边沿活下来，
更与众多恩师的相助有关。
你给我让诗歌有立足地的策略，
给我一双清醒于体内的眼睛，
让我不枉来此尘世一趟。

当代诗歌的眼睛

你被包罗为古刹一钟声，
敲醒当代诗歌的眼睛。
让诗歌有个开阔的视野，
一步一脚印去走近人心。

你是我心中的金睛火眼

你是我心中金睛火眼，
教我用客观看人事万象。
首先持个积极的心理暗示，
你说头上有个地脚下有天。

曾让我有点莫名其妙，
难道你有能耐将地球看穿？
说这就是你为人处世的秘诀，
用心灵而不是用金睛火眼。

为人最忌看表象

为人最忌只看表象，
幸好有你一手指点。
即将命运握在自己手心，
且学关公透视事物的目光……
倘若有闲情数贤良，
谁能匹敌三国诸葛亮。
可惜他英年早逝，
算来学会看好自己的身体是关键。

诗心

你肯定有个诗心的目光，
说为人必须具备医学眼光；
成仙应该有个大爱之心，
是诗歌当然有它的神秘感。

其实古代并无真孙悟空，
现代孙悟空也是个假象。
看世上谁敢凶残或为非作歹，
奋起的金箍棒是柄威严无形的悬念。

人生

你是人生道路一盘棋，
一兵一卒于刻意的万象里。
冲锋陷阵是你的使命，
肝脑涂地在所不惜。

生活的金翅膀

仿佛有个悲欢离合的身影，
落在现代生活的大江边。
如同一出出电视连续剧，
总想令人追个流连忘返。

你我之间让人去寻思去猜想，
但那被蹂躏的情节实不忍看。
如今我的诗心睁眼一见你，
体内流光溢彩起金凤凰。

生活的大气候

夜里我走人生的后花园，
静静走进历史的长廊内。
迎面看见生活的大气候，
走来一面活灵活现的明镜。

出现个既严肃又从容的身影，
仿佛梦中初识。
你如同半夜里的敲门人，
给我诗笔积极的心理暗示。

打铁还需自身硬

打铁还需自身硬，
是句响彻长天中国
古老的话语。
让人一听即懂其内涵，
如你一语让人心明眼亮，
也让我懂得年迈为谁
而学写诗。

我深感老来无所事事，
是对不起人民的忘恩负义，
说句对不起无形是自打嘴巴。
作为伟大中国人民的小学生，
应无愧为站起来的中国人民，
应唱活我们的国歌，
和光芒四射的五星红旗。

路标

你是珍藏我心里的路标，
给我笔下一个辽阔的天地。

说到人生经历，
见大世面我望尘莫及。

追求人心之所向虽难，
好在有导师为我指点迷津。

命运

你突然有个新想法，
说，你的乳名应当改为诗。

且诗的追求不是模棱两可，
而是适合时宜的新奇。

拿出一套新法子来改变自己的命运，
命运的意象有发人深思的秘诀。

生活的跑道上

你应永远站在时代的最前方，
语一出口就像泼出去的水。

应去赶上时代的头班车，
刚好突然有了个让你起飞的机会。

要乘令人眼睛为之一亮的势头，
来首一语惊人的小短诗。

隐情

你是我的最知心，
最知我心中的隐情。

诗歌之失色，
往往处于顾此而失彼。

曙光相见不恨晚，
赫然看好自己的身体。

诗目

我的诗目还未看见你时，
根本不知如何看好自己的诗。
对诗歌我从不胡思乱想，
要不，就无法抓住写诗的秘诀。

无法缩短诗歌与人心的距离，
虽然我从来不写垂头丧气诗，
常常向往山林幽静多清乐，
往往失足于生活的死海里。

一句话的桥梁

虽然你只拿一个字暗示一切，
却足够我探索一辈子。
来到生活杂乱无章的十字路口，
更应深深记住你的启蒙之恩。

真正感触到人世间险恶，
冷暖炎凉和爱情坎坷。
从凿壁盗光似的苦楚，
到一拉或一按来一片光明，
是你照亮叫人刮目相看令人惊愕，
手中才有心境的七彩虹长驻。

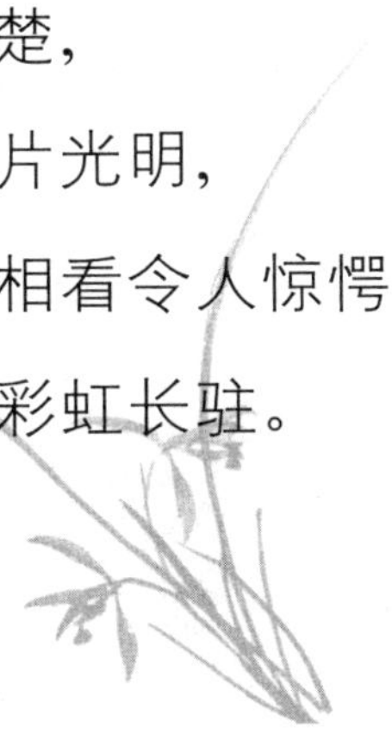

醒来的诗心

我偶尔见高大的你，
从一座崇山峻岭顶尖，
俯身与山脚下的我握手，
让我的诗眼大吓一跳。

跳出诗无知的小圈子，
是你那无形巨大的臂力，
给我的诗无知一巴掌，
醒写令人喜闻乐见的小诗。

你是

你是现代变化无穷的事物，
更可是个多重身份的人，
你发誓决不当他人的奴隶。

你望见一大片偏僻的荒芜，
眨眼变为当代济公，
魔术师似的从腰间拿出葵扇子，
对着荆棘滩扇啊扇，
扇出一片熊熊的烈火，
又扇来一场雨将火淋熄，
用念念有词压啊压叫大地，
营养品似的去消化，消化，
为无数充满灵性的眼睛。
然后用手掌招现一望无际，
队列整齐的大落地门窗，
手掌向上升啊升起，
升起为一个人声拥挤的新天地。

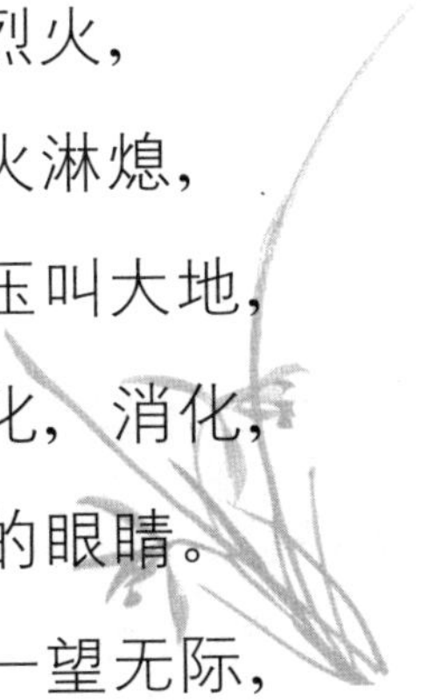

云山羊

似乎你用目光呼喊下，
从地平面冒出一座云山羊。
一如我一时叫不出名字，
那位年轻的老年人……

它到底想干什么只能是个谜，
看来你有只无形的望远镜；
在你一字大师的视野里出现的，
像位冒出地平面修炼成仙的头颅……

生活的宇宙

不知有谁无形在问，
你到底是什么人？
你也无形用手指回答：
说你是语不惊人死不休。
受你所惊是什么人呢？
是今人！指的又是何人？
是人心！人心指的又是谁？
是天是地是整个宇宙！

无题

如哥伦布发现新大陆，
我发现有座石头城，
城里头空无一人。
突然来个狂风，
将我推向墙角落，
又推落一块石头，
向我的头顶砸。
吓了我一大跳。
睁大眼睛原来梦里，
是你拿我开玩笑。

静夜思

谁将玉兔衔来的白银，
轻洒荷塘一片清新？
幸好有铁栏扶住我的悠闲，
让我的悠闲看见你的足音。
你包罗万象的这个中国汉字，
是当代诗歌难得的知心人。

拥有梦想

今人拥有车子房子优势，
而忘乎所以并非少见。
你有位文化水平高的弟兄，
着眼父亲刻苦耐劳长寿基因。
冒险家似的穿过漫漫荆棘路，
当被穷家乡山里乡亲，
曾有些幸灾乐祸的目光。
而你以笑还笑的谈笑风生，
当时说出是今人见到了的话语。

黄金的身价

我只看你一眼
便有个触及自身问题。
是你好像说你忌酗酒肉，
留给我个沦肌浃髓。

是你千变万化为两个字，
人类如没了这两个字，
任何黄金都将失色；
一切都只能是一片苍白。

新诗迷

在我的诗心眼里，
你这一个汉字，
可摇身为一位诗迷。
而且是位能歌善舞，
铺设高速公路是专职。

他读过唐朝诗圣一句，
“语不惊人死不休”。
他一直想把写诗当饭吃。
清早他从梦中醒来，
记起诗正在生活的跑道上起飞……

不知为什么

不知为什么，一下变成垂头丧气，
简直不懂做今人必须为父母争气。

更出人意料是跌跌撞撞上悬崖顶，
不由自主似的一阵风往下跳。

让110急忙赶到现场，
一见已是说什么也来不及……

真理你是谁

中国可谓有个非凡时期，
千人万事只有被糟蹋之权利。
连一本《知识就是力量》，
都要被践踏撕碎涂地。

诗人流沙河因写了个《草木篇》
就被戴上高帽游街去。
现在好了，我要你这个字命题，
来学写与今人贴身的自由诗。

其实也问心无愧

此时的你，
已是一把隐形的尖刀，
虽然是件迫于无奈的事。

面对坑人的刁蛮，
委曲求全是对人类的残忍，
正如残忍时期那位似是而非。

你说一不二

说一不二，

来个天崩地裂，

浩然震惊天地（神）。

你只是一个字，

向来是披肝沥胆，

是你说一不二之所为。

人类的需求之所思

当云雀回到自己的栖息处，
回到热血奔腾的时节。
诗歌包罗万象的命名，
在生活道路上喘着粗气。

咱村口那棵参天大树，
每片浓绿叶像目光锐利。
影子，在审视人类的需求，
不知谁正在为他肝脑涂地。

黄昏也开口

人生迂回曲折时窄时宽，
似漫长却短暂的旅途。
眨眼间已来到黄昏时分，
黄昏一开口，
会令人触目惊心。

便有个万一会惊断我的梦想，
惊断只有我知道一个中国。
汉字的魅力，
却是
今诗的庐山真面目……

共识

生活的道路曲曲弯弯，
今朝与你有幸重相遇。
我虽年迈思维能力尚未衰，
以学写诗作为精神支柱。

知生活之沧海谁主沉浮，
我思主浮沉今人之所思。
变化无穷的喜怒哀乐里，
你我有个令今人震惊的共识。

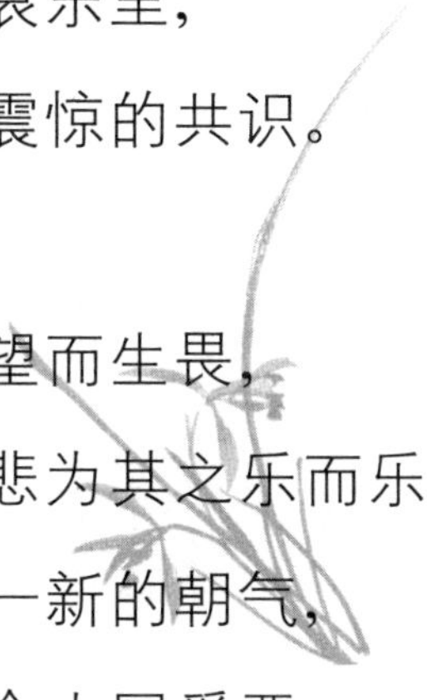

你让一切的平庸望而生畏，
我为今诗之悲而悲为其之乐而乐。
借你令今人耳目一新的朝气，
用冷暖人生来为今人写爱恶。

读诗也会上瘾

中国汉字都具中国特色，
尤其“语”这个独具动感字，
以包罗万象万物万人事，
千呼万唤始出来惊人的你。

你完全可将今诗与今人距离拉近，
成为一个备受关注的人。
深知今人喜欢用眼睛闻味道，
完全可以推出万般味道诗。

赶上新潮流

那个人定胜天年代已远去，
朦胧诗也只能兴旺一时。
一切的百家争鸣，
也只能成为一片空白。

来到这个要什么有什么时节，
突然有拿空白写诗的时机。
诗的井水不犯河水的局面，
将变为两水汇合流在一起。

巧遇

在冷暖人生的道路上，
我曾偶遇一位玄学大师。
授我一套辨别黑白尾巴的妙招，
是以不变应万变的一种活法。

有位拥有黄金时光仁慈，
总好用黄金看人生。
见我懂点玄学知识，
突然问我，他能活到什么年纪？

我有你一字恩师的大视野，
引用父亲一句口头禅，
看来他是位鼎盛之晚辈，
一个字正好合他的品位。

瞭望大前方

我曾将语字喻为一个人的希望，
你的名字由一字让给两个字。
两字在羊城人心时看为比天大，
其盛名是全人类共同的希望。

你早已是我笔下的金翅膀，
让你高高飞在五湖四海的天上。
你是非常难得的长寿之长寿，
永远是全人类美好的期盼。

我已学会让你长驻我体内，
是保持心情七彩虹足睡眠加水源。
保持饮食少肉主素加果蔬适量平衡，
记住生命在于适量运动的至上名言。

你让世上任何神圣都失色，
人生道路上你与鹤发童颜为伴。
你永远是微笑是笑口常开的最知心，
尘世任何病痛见你都纷纷早逃窜。

你在我心目里

你在我的诗心中，
是个惊人的狂风，
将今人眼里一座
不可逾越的高山，
一下子夷为平地。
然后拿出一个
崭新的高层楼盘，
叫男女老少去陶醉……

同时给我个睁大眼睛去惊喜，
惊喜的我笔尖在颤抖中，
开创出一条新思路。
闯出一首首独具特色
以你命题的短小新诗。

生命的空气

我像一尾快乐的海鲛，
从海的床上一跃而起，
想享受一下离开水的意象。
我知自己离开了水，
很快就会死去。
但我不怀疑，
不是什么都是由命中注定。
正如空气是我命中的水，
正如一颗很平常的心，
没有正常空气就无法生存。
我一生受过许多空气的冲击，
那可是一种致命的空气啊。

心情的舒畅

舒畅是心情的好儿女，
怀胎孕育培养均来之不易。
是有口难言的沧桑身后，
一个软绵绵的石头软绵绵的铁。

她住在心情花园的屋子里，
常常在茫然世事的窗前停立。
在都市路上从大街走到小巷，
在故乡河边由南北走到东西。

然后回到属于自己的心家园，
心情要她深居简出无忧无虑。
但居家早晚都有风雨来敲门，
那是痛苦和悲伤对她的冲击，
世界每天都有血和泪让她去面对。

木棉树

我不是说你浑身钉钉刺，
就严肃得让人望而生畏。

而是见到你任一只小蚂蚁，
爬到你身上与你和蔼亲近。

你立足于南国广场上，
对人间的冷暖你总感同身受。

你手上的每片叶子都是候鸟，
春暖归来秋凉你任其离你而去。

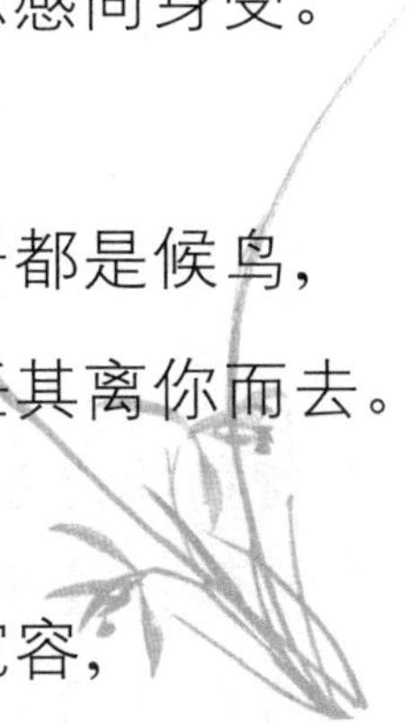

一种大人大量的宽容，
让我想起一位伟人的许多生活小节。

济公

他活在我心里，
我把济公称作诗人。
一把不起眼的破葵扇，
便是他的神来之笔。

他轻轻挥毫变风为雨，
变石头为潺潺流水。
他的语言的铁脚板，
踏平人间许多黑暗的不平。

他一路悄悄地笑，
笑声吹进了大难临头的家庭。
令灾难节节败退，
叫快乐驻进了泪水占据的眼睛。

当我掉进生活的枯井，
苦苦挣扎在黑暗的困境里，
精神的济公突然出现了。
他轻轻一扇叫我全身放松，
看看你自己，他说，你放下自己。
说完飘然而去，
而将他美好的身影留在我心灵里。

活在生命的风景里

有一股向往大自然的风，
与兴在城市里的风不同。
这和人们走向深山，
与深山走进城市相反。

从城市生活里，
走进深山的风。
到深山里走出，
城市的一种渴望。

生活有一种富有的色彩，
和一种冷峻的面孔。
有人总想改变自己的现状，
一种是起色一种是层次。

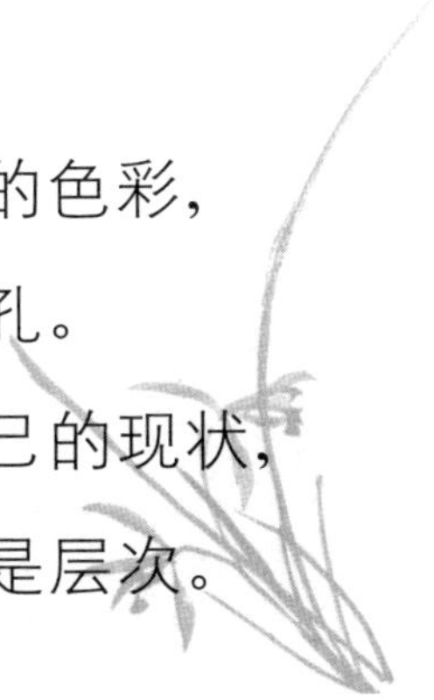

七星岩

那是亮彻千古的七仙女，
留下了千古悠悠的身影。
七位力大无穷的痴心汉子，
屹立为顶天立地的胆。
留给一代又一代的游人，
去遐想自己的身世。
用各自惊奇或随意的目光，
总行不同心声回响不同呼吸。
也许秦皇当年苦苦寻求的仙草，
就沉睡在七星岩肚内无人知晓。

白云山

去乘缆车的云梯上云山途中，
我捡到五仙骑白云而去的话柄。
从五仙观门前将古人的话柄。

即使风风雨雨中，我仍看得见，
云山你白云蓝天一样的好心境。
你的每片绿叶都是微笑的眼睛，
你的树林都在以平常心的手语，
说着花城人常说常新的今昔。

另一台满目花香般光的呼吸，
那是我回到了内心的白云深处。
取出珍藏心灵多年的诗歌种子，
让它们在没有月光的夜晚，
长出多彩的月亮。
以我筋骨为篱，
点缀你缥缈而虚幻的自然美。

为什么

你说天塌下来当被盖，
为什么只是树上一片叶子，
轻轻掉下来你都吓了一跳？

你说天气热就开空调，
为什么屋子里已经很黑，
你连节能灯也不敢开？

你说日子很忙很忙，
忙得什么都顾不上了，
为什么日上三竿你还在睡觉？

你说现在比过去好，
想买点什么到处都有，
为什么东西多了你还发牢骚？

花的养生之道

花向水和风介绍养生之道，
说，我什么都不去想。
常保持头脑一片空白，
这样可将衰老延迟。

水说，应该向花学习，
使自己保持沉静。
什么地方也不要去，
让自己成为万年青。

风说，我对花的养生也感兴趣。
将自己关闭在屋子里，
在屋子里修心养性，
哪怕锈了空间荒芜了自己。

闲游动物园

虚幻的孔雀突然开屏，
吸引闲来无事的春风。

春风眼里巨大的雄猩猩，
好像在思念森林里的母猩猩。

这是一个牢笼的世界，
一只银狐昂天说着什么？

狮山一只雄狮隔网向雌狮靠近，
也许想起共同扑向猎物的昔日。

最能逗乐游人的是那些猴子，
它们可知道祖先叫孙悟空？

第二辑 生存意识

生存意识是中国特色

生存是繁荣昌盛年代，
赋予在大视野里，
开阔着坎坷不平的荒芜。

生存意识是中国特色，
不忘那个艰苦岁月，
认定路在脚下的欢欣鼓舞。

怀念知己

如在某地下广场，
他端坐石木制凳，
用新式手机在点网络，
脑银幕总有似是而非。

就好像我的亲生兄弟，
苦苦寻找22岁时的知己。
写过许多让人动情之作，
网络里人影突然早逝……

水路

我至今已三次旅居，
一座美丽的珠三角名胜，
一次比一次更有诗意。
水路上有次沉船伤亡事件，
体验了人生道路之险峻。

这些天来我一直想写一首诗，
再读为世人称伟大诗人。
那首我尤其喜欢的游泳，
联想懂水性与懂医学基本常识，
关键时刻才能握住自己的生存。

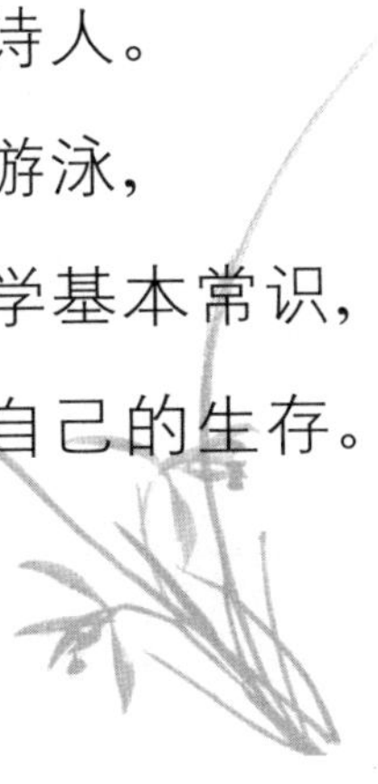

风潮

一切千里马不是马，
三清岭五指山，
全然没了自己的天下。

崭新时代的高铁，
在历史的内心消失，
醒来的巨龙所向朝霞无朝霞。

遥从海外归来的风尘

遥从海外归来的风尘，
曾经气喘吁吁在时代风云里，
汹涌于战火鼻子的最前端。

成为一粒奋起的飞尘，
更见刚刚露面的诗歌之晨钟，
响彻于老顽童心宇宙之长天。

似是而非的事物

你指着一个细微事件的小节，
说成突然冒出大地的庞然大物。
这是你用独特金睛火眼，
看当今变化无常的……
是你一手有诱惑力的妙着，
让你有了立足令人好奇的余地。

一股滚烫的风

一股滚烫的风，
吸引着世人的眼睛。

一双沉重的靴子，
妄图踏裂整个天下反自坑。

一个凶神恶煞的手势，
让铁靴子急忙往回赶。

一只热锅里的蚂蚁，
绝望里总是四面碰钉。

一大早

一大早呼啸在他乡，
于一个面目不是面目里，
不知你要给个什么暗示。

撼动一向欢天喜地的耳目，
让天下说变就变的无穷事物，
在亿万分之一秒里失色。

阴影

一个阴影行走于你心中的人间，
光芒闪闪的翅膀，
无法带走刀光剑影的创伤。

是谁留给你的铁石心肠，
铁石何时能得以软化，
填平岁月永不回头的裂痕。

蓝天下

你站在曾经荒凉的山腰，
遥望，顺着梦幻里的方向。
跟随阳路线所指引，
无数黄金宝贵的眼睛，
都注视着多么值得珍惜。
人类宝库刚刚露面的事物，
蓝天乃乌云遮挡不住的铁肩头，
最有赖以生存广泛的余地。

何方神圣

多年来你一直沉得住气，
连个喘息的空间都没有。
来到这个看似平常的日子，
忽然亮出一把双刃剑，
闪亮了世人的目光。
是何方神圣让你起死回生，
我曾从生活的大街小巷暗处，
一直苦苦思索着未敢昧然命笔，
没想到你此刻来个洒满大地黄金。

什么味道

最近才受到某种启蒙，
发现投其所好是一大妙招，
你已得知今人喜爱什么味道，
从现实生活来个可闻而不可见。

以吸引众多人群的注意力，
这今人从一直无视你的存在，
到几乎人人都爱你的主要原因。
而我也取得都来爱你的途径。

世界

你以神秘的目光，
试探我的内心世界。
或许你从我一举一动，
已测出我想的是什么。

而且耳闻不如眼见，
我们早已想到一起去。
问题乃昭然若揭，原来，
我这所思正是无形的你。

现代科学

我们曾经用一把钥匙，
去看看自己楼房的装修手尾。
在装修手尾完满之后，
房主人一旦启用自己的钥匙，
那专用钥匙就再也开不了门，
已经作废了。
即使用它配第二把，同样失效。
若问其中的奥妙，
房主人的钥匙说，这就叫，
现代科学。

万能

世上万事都属十个手指有长短，
万能是当年被推上神坛，
唯我独尊的大人物。

他拥有作战指挥方针，
有过以劣胜优的可歌可泣，
却还有赶尽杀绝不得人心的事例。

难得

难得是可喜可贺的事情，
那是我认识不透真名是你。

若问你是谁，你沉默。
有人说你是位万事通。

你说哪里哪里，
大家，
曾取名不是啼笑皆非……

但你一开口就漏了真名实姓，
乃是知己知彼的师（诗）的徒弟。

白云的故乡

白云远方来,
为的可是回家看看?
你问我可知道?
只有你摸透我的心事。
我想说你明明知故问,
是不是只有这样,
你心里才痛快?
一如人生的一切,
上天早已安排。

方向盘

为了认识你，
我走遍《本草纲目》的大街小巷。

我把奔驰停马路边，
原来你就在车子的前方，
生活的大地说你有乳名方向盘。

生活的大森林

那是谁？用身体的听觉，

贴在大森林的胸口。

听时代脉搏之心音，

你就是已有人传说过，

你就是身处于生活，

最底层处的大丈夫。

你的名字让男女老少涌来，

让众多疾病望而生畏。

今朝

今朝我已有了新发现，
就是有个看似平凡，
却只是江山间的身影，
有个翻山越岭的本领。

他魔术师似的有变幻能耐，
将一片黄叶变为一片黄金，
然后将一片黄金变为个黄金人，
再让黄金人开口说是黄金的万物……

公务

一个遮挡住人心的字眼，
让不少人望而生畏。
在你心里是一种顺理成章，
看来于情你还平心静气。

认定的目标只有一个，
你问我而我可去问谁。
在人心的旅途上，
最心明眼亮的还算你。

石板桥

时光在我心中的七彩虹，
我想心里人走过的石板桥，
已摇身为山乡凉亭的长凳。

夜里，我的耳天际，
又响起父亲那首《回乡路》，
静止于山乡是我的心里人。

神通广大

今日或者明天，
中国一定会再现
响彻千古的典范。

那是死在现今时代
峻岭崇山的云深处，
被倒过来的山尖尖。

一旦睁开眼睛，
那些似非而是无立锥之地，
马上为顶天立地的金箍棒。

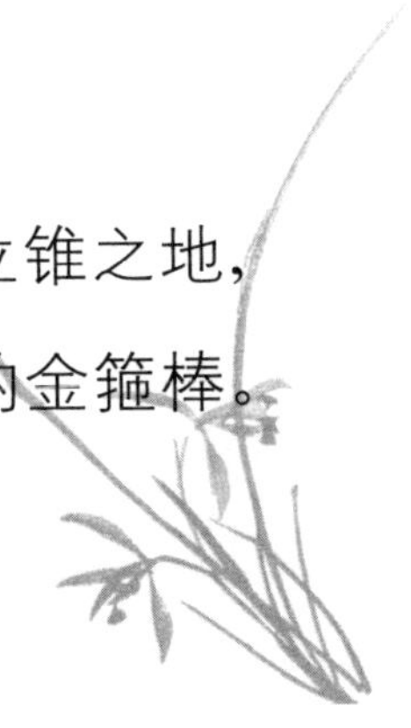

穿越凝固巨涛

晚晴的阳光，

还我开怀的七彩虹。

我梦中的峻志，

穿越凝固世涛。

在我有限之年，

无限广阔的心理暗示。

来自小山村花香鸟语的目光

住进喧闹非凡，
而拥挤的目光里，
每天无时无刻，
无不用小山村的纯朴。
从五光十色的目光里，
去抓住那个国人厌恶的眼睛，
这就是我往往夜不能寐，
老来鲜有人知的诗情。

钢铁炊烟

大炼钢铁，
把炊烟炼成钢铁。

钢铁炊烟一时差点，
让我们的广阔江山，
又变为只有立锥之地。

一个成为巨人的民族，
如果只有立锥之地，
想来曾经自己为自己制造险境。

世上有难事

世上有难事，
只要有神圣。
什么铜墙铁壁，
也阻挡不了他。

中国有过一个人，
被捧为神圣的事情，
那时候无论什么神圣也遭殃。

尺短寸长的前程

重来一次风雨洗净百步梯，
你小声说大声笑的眼神。

说着要来一次屡登不倦，
攀百步梯样的事例。

从你一把目光的脚力，
让人想到牛犊不怕虎。

什么事让你如此开心

你说人活着必须开开心心，
无论男女老少都一样。
要不然就是将人生宝贵的黄金，
洒满生命的后花园。

说到活得开心才是最大的享受，
你说写诗正是同样的享受。
人说当今的诗歌已很少有人爱，
你说这是人们还未懂得享受。

身外的高铁

身外的高铁，
在时光的隧道，
无声无息地呼啸。

一个紧跟时光的时代，
给我内心的深林，
一眨无可奈何的眼睛。

风驰电掣漫苍苍，
人如被抛起的微尘，
在遥望永不回头的时光。

飞天遁地的花香鸟语

历史的长空，
给你个去又回。
可在眨眼间，
诉尽苦衷于点点滴滴。

早有人说过人生事，
从来就无可后悔。
该是老态龙钟之所指，
飞天遁地的花香鸟语。

突然间

听说你非做这件事不可，
何事让你下这么大的决心？
你说做人必须留有余地。

在老友面前你突然改变主意，
然后你说还要好好考虑，
开家门时门匙发出的声音耐人寻味……

进屋耳边回响着“何苦呢”，
活到这大把年纪，
硬是要自己折磨自己……

尖锐的时光

时光的利箭，
正对我的痛射来，
存心叫我痛上加痛，
我的痛活在无声无息里。

叫我怎么是好呵，
夜来有风雨声，
原来风雨也是好心人，
叫我要学会看好自己的身体。

穿心莲

莲花池里盛开的莲花，
月下亲情清醒着新一代恋人，
却已是黄昏过后的事情。

眼下的寒风针对是我悲，
穿透人心的话语谁能听懂？
只有看似傻里傻气的爱心。

万里晴空

今早天已放晴，
我临窗遥望万里晴空，
无视千千万万窗口。

来看你远去了的天空，
迫切想问问你今早
那里的天可也已放晴？
新时代食物的巨浪
一个接一个向我扑来。

扑得我一个趔趄，
跌倒在生命的海岸边。

幸而大海驶来生命的邮轮，
从七彩虹的起点。

海沙滩

曾经一无所有的海沙滩，
一如渺无边际的海洋。
空难的绝望的悲伤，
回到也一无所有的天空下，
与一弯明月对视乃度秒如年。
只有亲身经历过的人们，
方知珍惜二字的重量。

无形的墙

早茶同桌有老人，
说着听说有一个人，
似乎眼睛出了问题，
他走在宽敞的马路边，
说是突然有堵高墙，
挡住他的去路。

他每天走着走着，
会突然停住脚步，
来个马上一转身，
与跟在他后的人，
差点碰了个面对面，
此事至今仍是个不解之谜。

长空

长空在我的耳心里，
响彻着一句无声的话语。

让生活的长河水，
泛起清淡的扑朔迷离。

正是隐居心林的清静话，
成全了我中国梦的宗旨。

手指

十个手指有长短，
你这五光十色的手指，
指出变幻无穷的美味。
在我们的天地之间，
什么时候都有你存在。
激情，
会在那位长者心中热血激发一首以短胜长的诗，
在无边无际的历史长廊里。

欢天喜地的来回

随时来那么一句话，
不管你愿不愿意听。
已随弯弯曲曲飘然去，
回响着一种硬软不一。
无须强求何种表情，
云雀爱在白云的后花园。
美妙在自己体内的长廊，
意在欢天喜地来一回。
漂泊的风景
曾经渺茫地隐居，
致病浪涛前头万船过，
为风更有幸灾乐祸事。
欣欣向荣的春草，
回首那个狂风暴雨时节。
只把苦味表情隐居心底，
总有悲欢离合难说清。

凤凰城

沉睡千载的乱石堆，
终于清醒在万里霞光。
无视杂乱无章里，
在野风无理取闹中，
它已有点自己不认识自己。
说到底只是双手一拍灰尘，
一眨眼间已有佳肴香扑鼻。
原来乃是一座站起于荒凉，
目空一切的神奇。
给我们花香鸟语的拥有，
无忘于美好时光的天地。

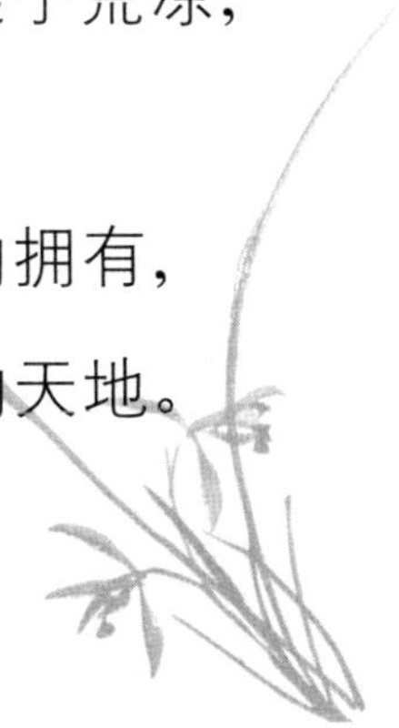

重返凤凰城

乱石堆里一转眼，
冒出一双金光四射的翅膀，
指引我们日夜不分的目光。

就在美好的时光里，
容易看错无论任何事物，
是来到门口的石头间。

我并非那个忘恩负义人，
最是银河滚滚天上来。
贴近大地倾听你的心音，
心林幽静多欢乐。
的确值得流连忘返那阵，
人心是望不见底的蓝天。

天下

我看你的天下，
无须说出的心情。
曾经杂草丛生的荒芜，
长起无数明亮的窗口。

有人在某个窗口下，
如视窃窃私语的风景。
出自人声鼎沸的心池，
窗口又是何其平静。

悬崖

有人站在悬崖之上看，
你说那有什么稀奇，
可惜如有三尖八角骨头，
挟人生活的喉咙，
存心教人什么话都不可说。
然而即使只一眨眼的机会，
你也绝不会轻易放过。

小草

渴望挺起胸的小草，
想像直指天空的绿剑，
来个无声的叱咤。

然而在那看似平凡，
来自一声平凡的呐喊。
指着大街角落的黑暗，
即使一叶小草也遭殃。

夜半三更

夜半三更，
我一下被大石头砸醒。
我总会想起你，
你就是那个，
响彻千古的典句。

生活的点点滴滴

早上踏出家门槛，
走进一个广阔的天地。
一个个陌生人擦身过，
我无意去看个人的表情。

来到公园可坐的石凳，
我成了个无所事事的人。
难得上天有个开朗心态，
突然身边来了个用微笑说话的人。

她用微笑询问我身上的事物，
此刻我想的个人的秘密。
我不明她何以不去关心别人，
在人声鼎沸里偏拿我纠缠。

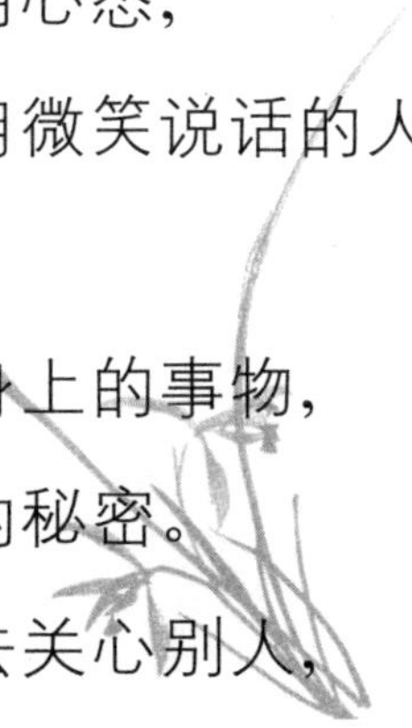

回首

一个甜蜜的歌声，
把我碰得头破血流。

做人对那远去了的事物，
千万别再流连忘返；
仿佛耳边响起：生命的大海，
到处有巨大浪涛的险要……
面对时光无声的双刃剑，
记住用双亲之所赐的，
铜墙铁壁去面对。

一片落叶

秋天的阵风自远方来，
吹落一片我熟悉的叶子，
碰痛着我的心大地。

让脆弱的心地辗转反侧，
拂晓时分我向男子汉
借来了一杆挺起胸膛之诗笔。

生活的乌云

在一条大街的角落，
我遇过一朵乌云，
从高空晴天霹雳，
直劈我毫无遮挡的头上。
如果没有众多爱心，
我早已命赴黄泉。

当我被亲人喊醒，
生命的宝库似已被洗劫一清，
顿觉阳光下每片绿叶皆宝贵。

生活的大石头

你说有过一次，
一块生活的大石头，
把你砸个死去活来。

那是一个谋财害命，
用心肺权威的嘴巴，
用软牙齿咬住我必死无疑。

好在有众多慈母心助我，
在生活的千险万恶里，
逃脱人生的一次大劫。

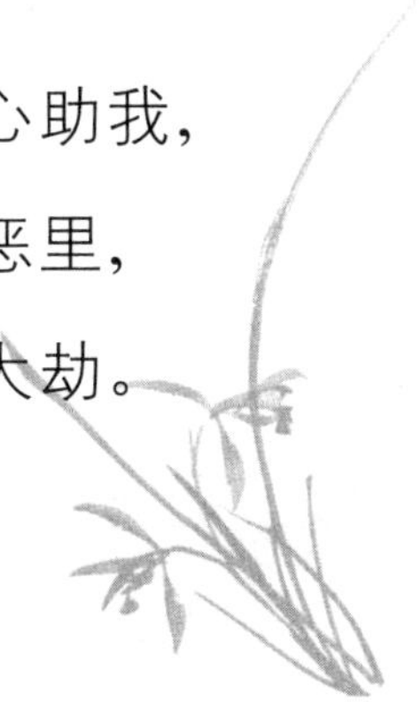

开开心心

我爱天蓝色的花朵，
爱它们聚成一大片，
在晨光里谈笑风生。
你在幼儿园里唱儿歌，
不分男女的小脸膛，
信步我诗情的意象。

孤独

你的气候体现，
你已有立锥之地。
那是什么事物的住所？
什么什么的什么，
无容你去昂首阔步，
苦衷的暗礁淹没了自己，
众目光看你如何去面对。

生活中的你我之间

人说人十个手指有长短，
让我想起每个人，
都有自己的痛脚。
你说对不起踩痛我的脚，
我说没事加上句没关系。
生活中一不小心是件平常事，
从你我眼睛对视的刹那间，
一开口即可见你我都是谁。

心林

窗外的树木，
没有流连忘返的悠情。
自由自在的日子已远去，
心仍住在大森林里。
饥寒交迫的时光不回头，
父亲牵着我的手如在眼前。
他的那声长叹牵着我希盼，
希盼之内心是享有幽静欢乐的环境。

黄昏颂

父亲临走依然惦记成仙的罗状元，
状元那句“光景无多易散场”，
父亲无意活到九十九只活九十三。
散场说，请你来一场最后的游戏，
游戏之前突然走来满面红光的叶帅，
叶帅双手扳开一条广阔的云山路。
路上走来默默无言的关云长，
云长双手捧起长长的红胡须，
胡须对着狂风骤雨狂笑，
笑声震裂天边一条云天路。
我一睁眼向开阔的云天路看，
看出人生这场游戏原来如此简单。

无言

你的导师说过，
小说在散步，
散文在跑步，
诗歌在飞。
而寒冬腊月时节，
你曾去穿好看的夏衣。

正好

你以小声笑，
凑近我的耳根，
说给我一个不好意思。
正好我手头有瓶陈醋，
要不谁知道这大早，
此事还是叫人莫名其妙。

中国字

一座扬眉吐气的大石头，
因身上刻有龙飞凤舞的中国字，
富含几千年文明雅典的特色，
神采奕奕着世人的眼睛。
曾经一望荒凉偏僻的山区，
转眼冒出这座翡翠大石头。
已成为饱受人声鼎沸困扰的人们，
向往和平安宁幽然舒心的名胜。

苦

当你的笔尖，
陷入沉思之中，
久久未能命笔。

你的眉头暴露着，
手头之所以还犹豫，
着实居于你独到的滋味。

滚

有人在说笑，

问你能否将人生的经历，

概括为一句话。

你却笑着说，

可以概括为一个字，

如同当年林则徐，

用这一个字叱咤过的。

突围

身处人事鼎沸的都市中心，
围困不了你的心平气静。

成群结队的朝廷横梁燕，
纷纷飞入平常百姓家。

反而让你彻夜陷入侧耳远听，
围困不了你猛搓双掌之激情。

先知

窗前无形的风声，
是新时代大气候里，
是知己知彼所向披靡，
先头部队在悄然进行。

木棉树是五羊穗花城，
挺立时代广场的英雄树。
当闪闪红星似的红花开放，
闪耀着正是暖人心之新诗句。

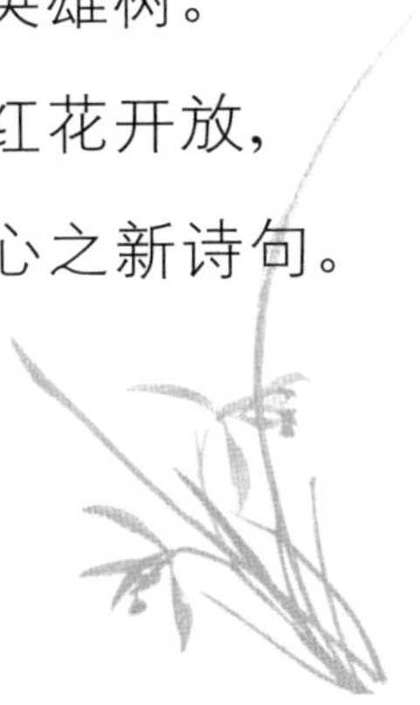

生活的眼睛

生活的眼睛很尖，
你不伤人，他之所指，
是你希望的坦途，
你若伤人他会盯住你。

你若被人伤了，
须想想你是否看好自己。
当今和平盛世里的生活呵，
总像阳光一样任你享受。

睡眠是件开心事

睡眠实在是件开心事，
如说早睡早起身体好。

虽然夜里仿佛有敲门声，
门已与当年柴门大不同。

新式门根本不须敲，
心里扎实本是一种清香味道。

羊年的羊城

羊仙已乘白云飘然去，
跟上时光千载不回头。
留下没有朝拜香烛的仙观，
成为闹市一片幽静景区。

还有含穗仙羊凝固竖立，
响彻千古名城的城头。
唤来闪光于思乡旅程的高铁，
俨然中国龙腾飞丝绸交通要道。

生活的味道

生活有各种色彩的味道，
我每天随时都可闻到，
你却一点感觉也没有。

难道生活只像铁板一块？
我有感兴趣的事要做，
你却说走，出去走走。

如同有出电视连续剧，
勾了你的魂，
关键时刻总是来个暂时无可奉告。

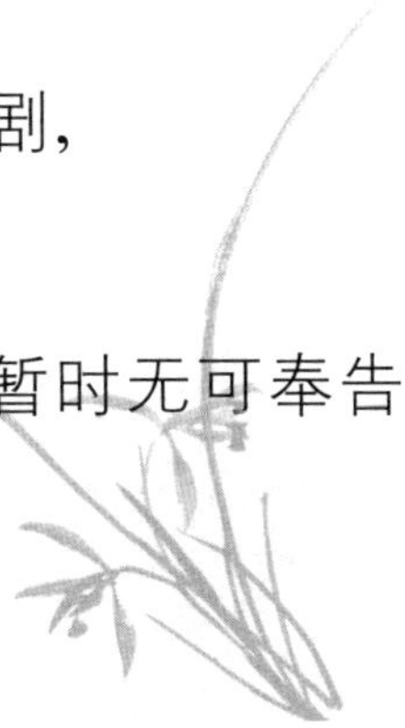

沧海桑田春常在

居安思危春日里，
沧海桑田春常在。
小船自有避风港，
苍穹甘泉心中来。

好在老眼尚未花，
后花园里把花栽。
好高骛远非我嗜。
穷途末路天门开。

堪

甩开琐事的纠缠，
伸长手去紧握鞭挞。
那些不堪回首三长鞭，
让一切忧患去愧望尘，
去呆目圆瞪，去垂头丧气，
去没面容见爹娘……

然后冒狂风骤雨猛加鞭，
以赶上新时代高铁的正点。
来看无数飞驰而去的事物，
而搔起自己半秃了的头皮。

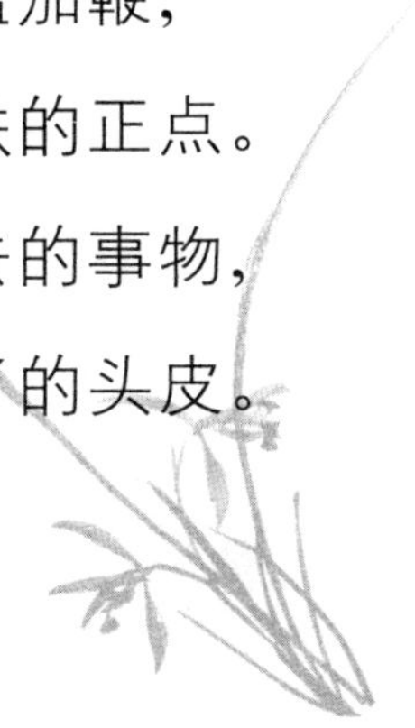

开心说

我从饥寒交迫年代里，
万幸活过来的笔尖，
面对生活的宇宙，
深潭无底的无限空间，
随时都有可歌可泣的事物，
触及我自由自在的笔尖。
笔尖很会开玩笑，
开玩笑最能逗人开心。
开心说，有我在人活着，
望四周的一切都很有意思。

有人问我活得可开心

有友人问我活得可开心？
我说活得痛苦且伤心……
他睁大眼睛看我的表情。

我们紧握住沉默的手，
一眨眼如同几十年过去，
于我是个牵挂问题无法说清。

第三辑 深情厚谊

世上最知天性者谁？
你命暴风骤雨当开路先锋。
暴风骤雨狂笑时，
你也傻笑不已。

暴风骤雨用狂笑，
将一个旧世界夷为平地。
平地有个代称叫低调，
低调里崛起个日新月异。

世上就有那么些嫉妒者，
从来不问什么是欺人乃自欺。
终是搬起石头砸自己的脚，
根本忘了今日的和平来之不易。

开路先锋

亲爱的，我想借你的微笑，
为我的诗当开路先锋。
我要让自己无形的灵魂，
如你的影子似的跟在你身后。

看所有的色彩都难为色彩，
看所有的词都失却她的内涵，
看你无论走到什么地方，
谁都会怡然向你敞开心门。

大气候

一个大气候扑面而来，
以各自喜好五颜六色地穿戴。
男女老少平等成了一群鸽子，
飞起停落在岁月高高的肩胛上。
望不同颜色述说着不同的心事，
用眼力挽住倾身大海的江河。
与江河密切如同亲朋戚友，
像拉住了日子健美的衣角，
搂紧日子秀丽的身腰，
这快乐的日子成了人们的追求。

种子

曾经在一片漆黑的夜里，
让事物都成为瞎子，
看不见东西和事物，
只能是失望悲伤惆怅。
是谁摘来星星似的种子，
撒遍在漆黑的大地。
让大地生长一片光明，
照亮了事物的眼睛，
也照亮他的心灵。

从此他看见了自己认识了自己，
从而看见了面前的道路，
听见自己闪光的声音。
那是心灵里的声音呵，
让诗歌也有了种子。

两个事物

他们展现在我的视野里，
活在一样风云的天空下，
走在各自道路的林野，
有着各自叶脉的纹路。
一个饮逸清爽的快乐，
一个在枯萎的凋零中挣扎。
我看见两个事物，
一个绿油油生机勃勃，
果实累累压弯了枝丫。
一个无声无息一片荒凉，
老鼠在石头里发牢骚，
沙子对着枯草不说话。
我看见了两种情景，
一种把大山发明为玩具，
任大人小孩伸手索取，
一种眼巴巴站着呆若木鸡，
任往事去掳掠自己的全身，
让自己的身体成为一个废墟。

醒来的无知

当我身体里的守门人，
轻轻为我闭上两扇大门，
我猛见一位过往的著名女诗人。
我惊讶于她越来越年轻，
她与我面对面坐下来时，
竟变为一个童声清亮的女童。
忽听她说她要为新人类写诗，
而且要用新的词汇来表达，
那是我的凡眼看不见的词汇。
在她面前我茫然成了诗的无知，
直到守门人把我的大门打开，
我的无知醒来于另一个天地。

回到了我的童年

这里每条田埂小径，
每株小草，每滴露珠和溪水，
每撮泥土每片绿叶花瓣，
每立方的空气阳光都是我的童年。
我像一片轻飘飘的羽毛，
被清风的嘴唇吹起，
被毛毛雨的手指捋着，
被映山红的眼睛迷恋着，
我回到了无忧无虑的天地。

突然我遇上了一个小针尖嘴，
它说，来吧来献一点血。
这个小轰炸机似的家伙，
是我遇到的第一件不顺心事物。
要不然我定会快乐至极，
当然也不至于乐极生悲。
即使一眨眼来到了我的童年，
躲进了我脸上的皱纹里。

我之所爱

我的爱是天空凝视我的眼睛，
她的美貌是多么虚无缥缈，
我苦于从心灵里掏尽一生，
也掏不出表达这个真实的词。

幸我身边有来往天涯的师哥，
我还是装扮成他的意象，
进入他梦中被乌云围困，
之后让他惊喜为那片蔚蓝。

生命倒后镜

我驾着我自己，
掌握好自己命运的方向盘。
分分钟都打足十二分精神，
防止突发事件发生于偶然。
我根本不懂什么是原则，
只知生活的视线不只凭直觉。
生命的倒后镜很深很深，
但再深也认得父母的面容。

母亲临走还喊着我的乳名，
她一辈子对我就是不放心。
她看不见弓身风雨的小草，
已是真正有血有肉有骨头的人。

万分之一秒

你的万分之一秒身后，
隐约着一株不落叶的乔木。
花期之后一树压枝的果实，
每颗果实都是一个成熟的省悟。

每个省悟包含着你的一次策应，
成为你迎狂风暴雨的每一秒搏杀。
你把握住万分之一秒的时机，
是不是就没有失手的时候呢？

但你在失败里依然奋力抬头，
深省垂头丧气无非裹尸布。
宁愿万分之一秒是天下无敌剑，
刺向自己最薄弱最要害部位。

一把快刀

在刀光剑影隐形的时节，
千里马被困赛马场的栅栏里。
那些坚韧的浩瀚之水，
会溶化甚至折断一些硬骨头，
百兽之王望小小刺猬而兴叹。

一堆人们不敢认领的乱麻，
曾经沧海也愁眉莫展。
一堆豆腐渣被捏成钢铁的模样，
一只把头和四肢缩进体内的乌龟，
却讥讽着一把快刀的深仇大恨。

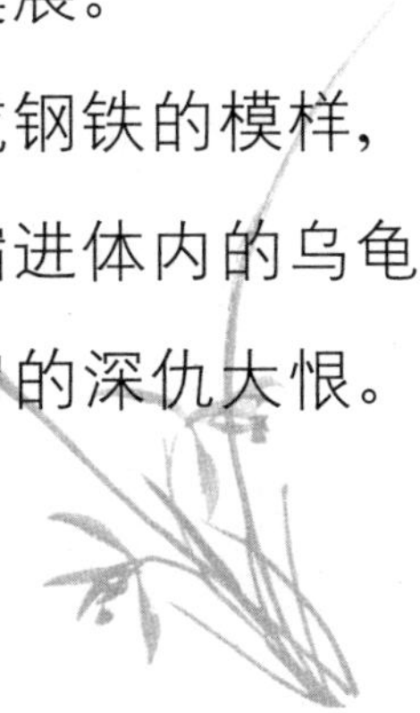

大雨淋漓

往事如雨，大雨淋漓，
我的慷慨在千里之外，
就像为你送行只能斟酒于心。

想仍然在生死关头会有一声刀下留人，
但即使一千年甚至五千年后，
我也无法看到你当时的眼睛。

我不敢去想得天独厚，
更不敢去应那句草菅人命，
谁叫我爱你不在今世只能来生？

奇迹

你的时辰属于早上，
太阳从海平线升起不久，
生命力是乌云挡不住的阳光。
你虽没有双手去握自己的命运，
却有一双充满锐气的眸子，
盯住你奋进的正前方，
目标就是对岸一个红红的靶心。

终于成为离弦箭就不回头，
你这只有双脚的水上神箭，
当残疾游泳运动员一跃上水面，
呼喊你这个中国小伙子的名字。
水上神箭以迅雷不及掩耳，
以几分几秒灿然击中靶心，
国人用两个字将你举起。

父亲的人生（一）

他持着灯盏，持着自己，
登上了生命的高峰，
成为引人注目的亮点，
有风雨里不熄灭之耐人寻味。

满脸不枉来到人间一趟，
却从不说来到这世上不容易，
十岁就没有了靠山一样的母亲。
生活的面孔如同凛冽寒风，
从做人儿子到做人父亲，
是个被点亮到人的过程，
父亲的人生。

父亲的人生（二）

我的这双脚这双手，
生来就是“贱”，他说，
但他们还算“贱”得其所。

坎坷山道两旁的小草们，
一齐举着摇晃着大拇指大旗，
为他将一路石子踏遍踩碎而鼓舞，
但他没去听去看更没去回忆。

他的无所谓是将一个
进屋的小偷打发走了算，
还说了句：饶人是福。

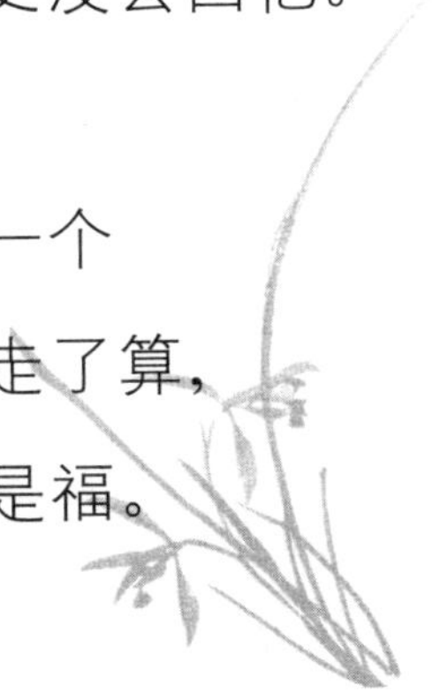

这些日子

对于一个早出晚归的人，
一天就等于跨出家门和迈进家门，
其实只不过是地球自转一圈。
走在人来人往的大街时，
我是那么想凑巧遇上你。
一种在人群中的孤单感，
不知近在咫尺的你可也有过？
与你在电话里谈笑风生，
就像喉渴时的白开水也甜。

话说，笑过之后忽然想起什么？
这些日子任何一天不容你去想，
想就睡不着觉不想一觉到天亮。

弹古筝老人

据说当年秦始皇，
慌里慌张忘了反过手，
从后背抽出长剑的动作，
一时间失去了信步闲庭的自由。

而我们沿海的故乡，
一位弹古筝的百岁老人，
用神韵谱写了，
古筝的心性恰恰与之相反。

老人以海岸似的长长目光，
目光的清风吹拂鹤发童颜，
以童颜的心境笑谈古今趣事，
以信步海滩闲庭之足音，
观赏人间的海市蜃楼。

笑秦皇寻不死药于天涯海角，
取大海深处送来的银钩，
钩住浩瀚海水不凋零的金花银花，
弹匕首吓呆长剑的历史奇趣，
皆已在岁月长河里销声匿迹。

此刻从远而近由暗淡到光亮，
银须古筝谈吐自若的神情，
更是让人隐约倾听到了，
一个豁达胸怀里的广阔天地。

想起爷爷

那时候我年纪小，
不知道您为什么要拍案而起，
让桌子上的东西差点震落地。
我小小的心灵也吓着了，
躲到一个角落偷偷看您，
也听不懂您说的是什么，
看你怒目窗外黑压压的乌云，
好像是在生那些乌云的气。
想起小时不敢去问爷爷的话，
答案似乎就在爷爷遗照的目光里。

生命

好风从遥远的天边信步走来，
携手神采奕奕的太阳，
踩过大海万顷波涛，
却不忍踩死一只蚂蚁。

蚂蚁爬上财神爷的手心，
只不过旅途上的一次路过，
他还有很多未去的地方，
比如去探望林野深处的小窗，
包括去看看一些日子的手。

在好天气里端出治人心病的美餐，
生命的烛光下，岁月的书桌上，
一张白纸的梦想墨汁未干。

天也渴望

老天怎会没有眼睛，
白天金金夜晚银银。
大地翕动嘴唇是不是太多？
埋怨老天总是视而不见。

但天天对着旋转的石天，
能拨开云雾打开扇石大门。
石门内有太多积压等待人去搬，
也许这是老天最大的渴望。

一线天里看未来

鸽群从我的一线天中飞过，
像一本没有后记的集子，
一张没有负担的白纸，
飘过我梦寐以求的眼睛。

一船满载辛酸的命运，
张不开风雨打湿的双翼，
不可抗拒仅仅是未来的雏形，
正属于十画还未有一撇。

竹林里

竹林中间是一大片空地，
恰似什么都无法装载的心。
与流泉对话的石板桥身后，
是与花香站在一起的竹篱笆门。

我年近百岁的父亲用笑容，
说着竹门比铁门更安全的话语。

他肩负着早出晚归的刻苦耐劳，
让竹林腾出一条铺满阳光的路。

这条路上有我生命里缺少的事物，
填补着我人生的一片空白。

这朵昙花

我心里的这朵昙花，
是我爷爷的一生，
也只能是昙花一现。

绿叶为何又那么长久，
她的手伸出，
像要取回在我心里
被留恋而长驻的她自己。

羡慕是神秘的指尖，
触及成为一种梵语。
我思念我爷爷的音容，
和思念一朵昙花一样亲切。

拥有

我一生走过太多的弯路，
留在路上的影子无法收集。
世上腰缠万贯者大有人在，
有人大鱼大肉吃得大腹便便，
走一步路也气喘吁吁。
有人两袖清风心境清风般快乐，
真羡慕他一路清风体魄健康。

谁一辈子无这样或那样的积累？
如果积累就是拥有或曾经拥有，
包括曾经拥有那些辛酸苦辣，
需要多少自身的船或屋去装载啊，
而我则拥有你的笑声满屋盈窗。

憧憬

阳光未到达岁月的阴暗角落，
沉闷的大地来了风声。
时空出现你无形的手势，
电闪的银鞭举过乌云的头顶。

雨水洗去了空中的灰尘，
雨后的日子变得格外明净，
从一颗不惜粉碎自己的雨滴，
我回味着梦寐以求的憧憬。

我们将收获一片光明

无边的乌云在哭泣，
雨滴的落叶纷纷去寻根，
乌云破涕而笑了起来，
它笑自己成为天宇的沃土，
欢笑自己体内埋藏众多种子。

太阳于沃土深处也在笑，
笑自己将会变成向地球葵。
天宇越黑时土地也越肥沃，
沃土里的种子都是光明的种子，
都是我们梦想的种子。

都是从诗人心灵之手中撒出，
都是诗歌的种子呵。
从她们萌动的呼吸里，
我们将收获一片光明。

他在寻找一个人

他在寻找一个人，
无意之中找到了我。
他感到非常惊愕，
以为错闯进阴曹地府。

一个人的音容忽然
在我心中想起，
做人既要学会记忆，
也要学会忘却才行。
如果生命的仓库膨满杂物，
人生只能是一片废墟。

他见我有话不知从何说起，
如被许多苦楚的藤蔓纠缠。
彼此颤动着激动的嘴唇，
仿佛遥隔一江秋水。

赠友人

你我曾经相遇在深山，
就是同从江湖岸边来。
是在梦里同一江水，
我是凡胎而非草木。

最想表达一片凡人心，
心如东海波涛万里浪。
爱在人间寻觅贴心人，
的确世上也有不眠人儿在，
人心的天地在我梦里重千斤。

兄弟俩

他俩是亲兄弟，
哥哥牵着一头老牛，
老牛犁地显得有些疲惫，
弟弟开着一部奔驰。

亲兄弟难得相会，
脸上显得亲热和高兴。
奔驰停在村口大树下，
老牛卧在村后的稻草堆。

母亲住在哥哥家，
弟弟接她进城她不去。
弟弟有许多话要说，
但奔驰与老牛没共同语言，
哥哥有个不说话的脾气。

第四辑 梦里人生

仿佛人生曲曲折折的小巷，
想起你说话大无畏语气，
联想你为人厚道的脸庞，
和那豁达心态我最熟悉。

知我平生最爱青山流泉，
你总透明在我生命的风景里。
从历史的长廊五十年走过来，
两杯白开水一碰碰为零距离。

前人种树后人乘凉

住在小山村时，
父亲牵着我的手，在夏天，
坐在村口大榕树下，
说着前人种树后人乘凉。

轮到自己当爷爷，
想到人生最怕无所事事
事事来个问心无愧，
将别人当作自己来想。

新生活

如同生活是只稀有国宝，
金光四射的大鹏鸟，
在深山老林的农庄栖息。

吸引大都市好奇的目光，
使人声拥挤的高楼群，
向僻静的深山林里转移。

这就是山林幽静多清乐，
也是今人对新生活的向往，
其实早有古时的诗圣提及。

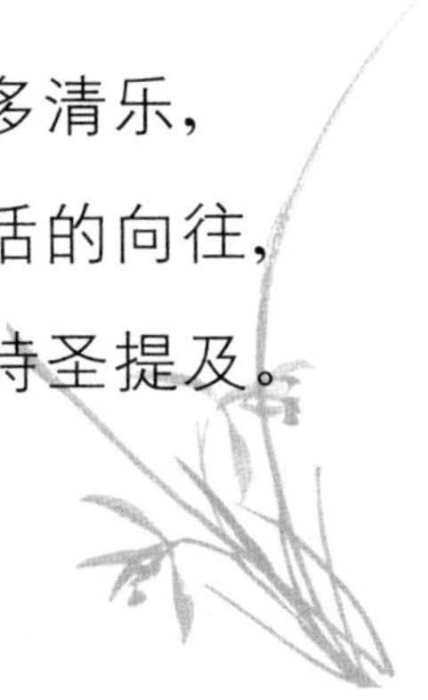

我宁愿什么都不是

那个雨过天晴的蓝天，
我凝视一只如鱼得水的小蜻蜓。
两片薄翅就像微笑的嘴唇，
分不清在说还是在飞。

小塘边有许多长长的草叶，
长长的草叶被当快乐的秋千。
小蜻蜓是自由自在的顽童，
荡也荡起了他无忧无虑。

凝视的日子忽已远去，
也远去了日子里每个细节。
留恋的事物总难以再还原，
宁愿什么都不是连同我自己。

就在这时候

都到这个时候了，
我的脚板依然如铁，
付出我一生的多少力气，
才迈开可怜的半小步。

如果你就是一部长篇巨著，
只一页已够我反复读一辈子，
足够我这辈子回味。

到了这个时候，
我还必须睁大眼睛，
吃力地去吃透每一个字。
到头来青涩原来是我自己，
把青涩化甜蜜与心灵勾过手，
就什么时候还是好时机。

山鹰

我的童年是崇山峻岭，
一间褐色的小木屋，
像别在岁月腰间的酒葫芦，
烈日下是谁洒酒岩石上？
洒得岩石遍体鳞伤。

岩石是最能忍受伤痛的躯体，
飞起一只最能飞翔的山鹰，
穿透重重阻隔的浓雾，
去寻找梦里的那一片蔚蓝。

而我则以与诗歌的缘，
借助山鹰望穿千里的眸子，
啄取遍体鳞伤的岩石内，
山风弹奏古风琴的神韵。

如果

如果那是凶狠的妖风，
仗万千锋利无比的刀剑，
追杀你，但你并非晚霞，
一身的底彩衫的温柔。

迫你向浩渺苍穹漂流而去，
直至消失悬崖峭壁里。

你不是啊，不是那晚霞的身影，
不是飘然而去的白云，
即使是，悬崖之上有我呢，
我的胸膛就是悬崖峭壁，
抵得住任何刀枪剑戟，
况且还有我粗壮的双手，
你完全可以紧紧搂住我的腰，
躲，你何苦选择钻进我心底？

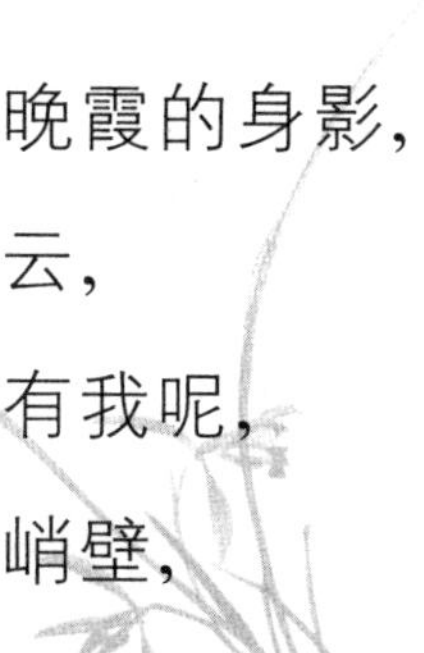

桃园寄语

你已提早抵达桃园，
将一片粉红色的喜悦，
从故乡寄到我的第二故乡，
拜托从不知疲倦的小溪。

像从现代生活的大屏幕，
传递一曲金色的旋律，
让一个善思多感的沉默人，
勾起不知多少落花般的回忆。

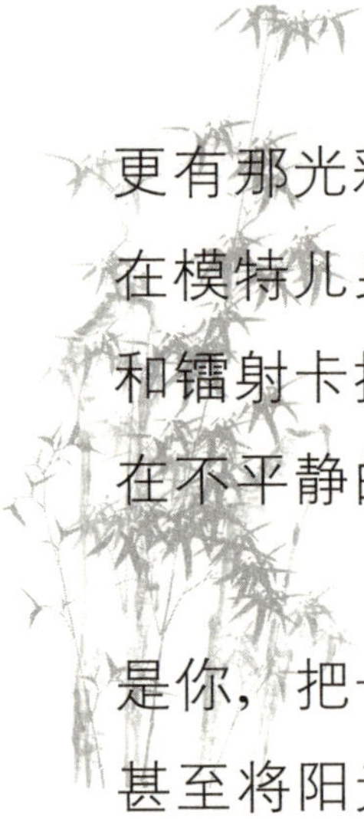

更有那光彩照人的外衣披挂，
在模特儿身上晃来晃去的味儿，
和镭射卡拉OK的星光，
在不平静的夜空中闪射光辉。

是你，把一个多么新颖的季节，
甚至将阳光和花儿们的耳语，
一个窗口一个窗口地，
送进人们悠然的心扉。

老来拥有小时羡慕的事物

小时候我看见他家的后花园，
有棵亭亭玉立的白玉兰，
多么像一位可爱的姑娘。
白玉兰花开时节，
沁润着高雅而迷人的花香，
与他院子内墙上大幅山水画，
透过明亮的大玻璃窗口，
互相对映着珍贵的祥和。

长大我们各自有着不知多少磨难，
直到最近才得知他早已不在人世，
我记起他小时候的面容，
记起那白玉兰和山水画和明亮的大玻璃，
它们也化为乌有，
我老来却拥有了小时羡慕的事物和情景。

音容

他说她说话的声音很甜，
无论是在电话里，
尤其是在餐桌旁，
她的音容如同汤勺，
吻他干渴的唇。

他一生一世，希望，
总有她的音容相伴，
现在她音容突然随天意而去。
而他身体内的敲钟人，
还敲着她音容一样的钟。

门被敲

大白天突然有人敲门，
如是亲朋戚友老相识，
必有电话事先打招呼。

从门视眼望出去，
的确是个陌生的面孔，
来人最终说是找错了人。

有道是平生不做亏心事，
半夜敲门也不惊。
可这人白天敲门，
我却是另一种心情。

故乡五月

故乡的五月田园常绿，
田园一改总由贫困去看守，
一条小河向它们身边走来，
每片薯叶像竖起了耳朵。

一些事物被一再咀嚼，
与世无争也另有一番滋味，
一个人从园地里直起了身腰，
地里的影子命运似的离不开，
他自己。

手

举起来时，你，
是绝对的大多数。
握起来时，你，
郑重其事，或成一件大事。

认识你时，是我，
多么亲切的路，
我从内心深深记住。
时而是针是刺是勺子，
还会是拍案而起的眸，
然而于我却是春风般柔和。

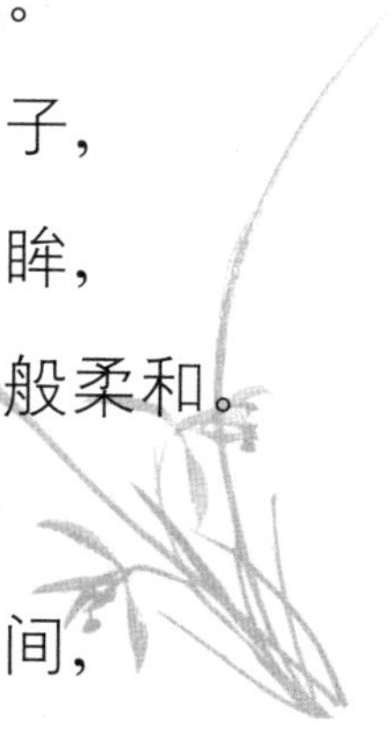

是你让我触及人世间，
冷暖炎凉和爱憎的坎坷。

在大都市，你用身子写诗

在大都市，你用身子写诗，
是暗暗的灯里亮亮的灯，
是冷冷的光里暖暖的光，
是流动在大都市的生命中枢，
大小脉管里的一滴热血。

在紧迫的拥挤处，
在累不垮的时间的缝隙中，
你如鱼得水，你左右逢源，
以一滴热血写响彻都市的诗。

你是用身子在写诗，
写给大都会的生命中枢，
写给大都会的大小脉管，
用心灵净化大都会的空气。

远洋巨舰

大都市，你这远洋巨航，
承载以太阳能为动力的梦想。
我行走在你的水泥甲板上，
感受着你前进的巨大动力，
带给我享受海上风光的心境。

当沧海之水好像不是水时，
我这个老年人是多么乐意看到，
你甲板上那么多浪花喷溅。
那是世人的目光激荡，
那是你万里鹏程里的景观。

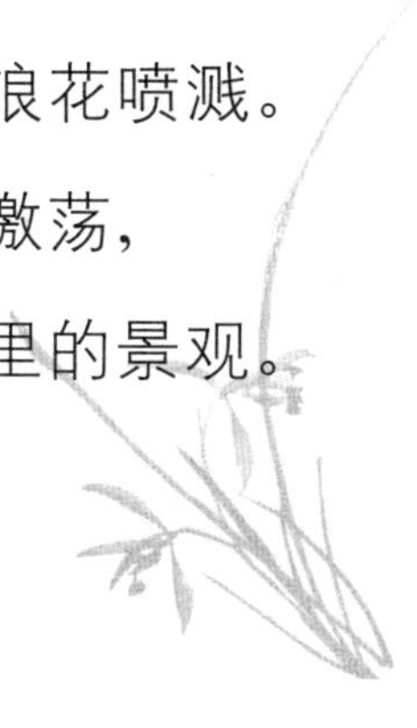

诗歌前沿

港湾的大前方是大海，
大海浩浩荡荡无风三丈浪。

我是港湾内的一只小船，
我有个港湾里的港湾。
烟波深处有我升降的风帆，
小船不堪负荷太多的梦想。

我前面有踩溅浪花的机船，
机船抹着满脸水珠，一看，
前方是迎风破浪的巨舰，正在，
全速前进很快消失于诗歌前沿。

为了爱

往事是很坚硬的壳，
我不再做拉龟的老鼠。
往事是涂灰的壁，
我不再拿鼻子去碰。
往事的爱对我说着，
你的生活很平淡，
何必倾泻生命的音符。

但我还是死心不改，
我听见我的那一个字，
在高山岩石内痛苦发光。
我不惜用心血的锤子敲，
乃至用生命的锤子敲，
要直敲到她光芒毕露，
将我的心灵照耀。

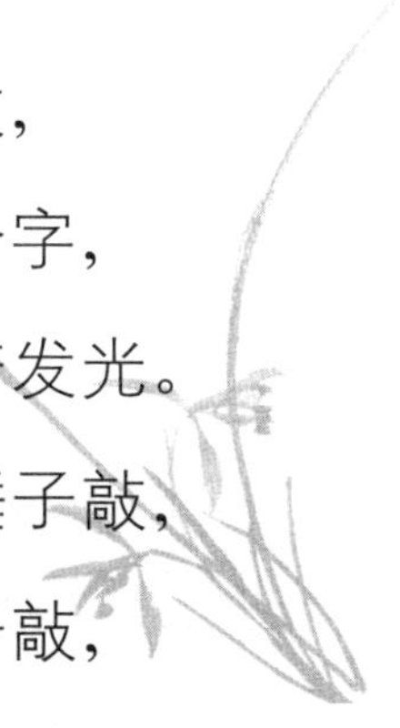

小鱼的夙愿

决心游上源头看个究竟，
是一条小鱼生来的秉性。

劲头的眼睛始终保持向前，
精神的身体保持冲锋的姿势。

来到直立着的瀑布面前，
她再也无法攀上去了。

她没有让水的玻璃碎片割伤，
更没有在逆境中死去。

沐浴如此清纯也是小鱼的夙愿，
她进入了负离子居住的佳境。

城市大街

当今要是命案才会引起重视，
此刻血染都市大街。
大街没有三头六臂，
只有眼睁睁看案件发生。

三头六臂是推动团伙，
他们收获血腥扬长而去。
大街像都市大树的枝枢，
光天化日之下生长着惊慌。

晚上，惊慌上了电视台《今日一线》，
电视台如摆筵宴供生活就餐。
吃完喜见大街已经挥起了铁拳头，
一看三头六臂原来是一堆烂泥。

她非草木，草木也并非无情无义，
心甘情愿俯身化作桥，
让喜怒哀乐痛苦从桥上踩过。

两地情

她把路望成了人，
路把人望成了石头，
人把时间望成了大海，
把大海望成了凝固的波涛。

把岩石望成了双臂，
把凝固的波涛望成了嘴唇。
双臂搂得很紧很紧，
嘴唇与耳根贴得很近很近。

他把疲惫交给单人床时，
似乎已看见自己，
难得自己的心灵摸着了，
心上人温存的肩膀。

雾

一些坚硬的石头，
一下子隐藏得无影无踪，
让我好费劲去寻觅。

当我刚刚发现它时，
它却溜到大海里去，
连尾巴也不会给人抓住。

像一只狡猾的狐狸，
明明知道它藏在里头，
却如同在落地玻璃内，
对着我冷笑：奈我何？

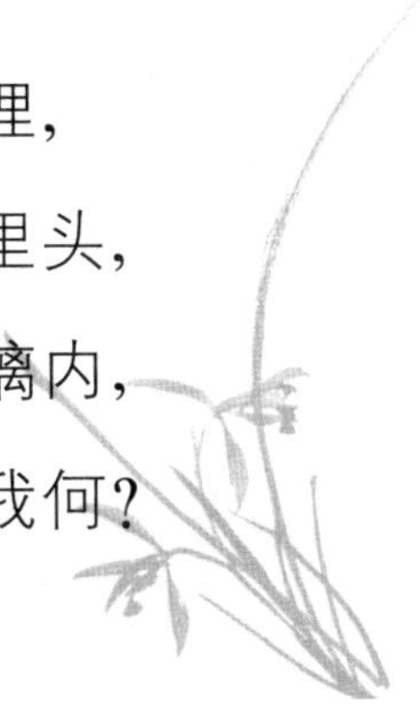

什么

此人生来就是爱睡，
睡着就喜欢做梦。
这回他梦见一面镜子，
镜内有一块大饼。
他见到大饼就流口水，
伸手去取时大饼竟幻为猛虎，
张开血盆大口朝他冲来，
他一屁股坐着仓皇后退，
哑然大喊一声喊醒了自己。

一滴热血

你是一滴热血，
流动在母亲大小脉管里。

母亲孕育着非凡的新生命，
你为母亲分娩创造优美环境。

你以热血净化着空气，
是一个掷地有声的诗句。

设想一尾小鱼

遥望崇山峻岭清清的河流，
我愿是水底看得见蓝天的小鱼。
污泥浊水是大自然的惩罚，
小鱼会在大自然的惩罚中消失，
仿佛听见谁在问：愿意不愿意？

回到高楼大厦的崇山峻岭中，
设想游动在流涌山涧里的一尾小鱼，
也受到污浊水的惩罚了，
小鱼根本就失去成活的机会，
已经不由得你去不去面对。

真心

他以清风一样的脸孔，
说是要让你心旷神怡，
而自然界也没有永久的清风，
一直被当作座右铭的只有，
“路遥知马力，日久见人心”。

你是只爱自由自在的鸟儿，
但也需要栖息于枝头，
那片伸出叫你去站他身上的叶子，
那种想法或要求，
尽管长得很翠绿很翠绿又怎样？

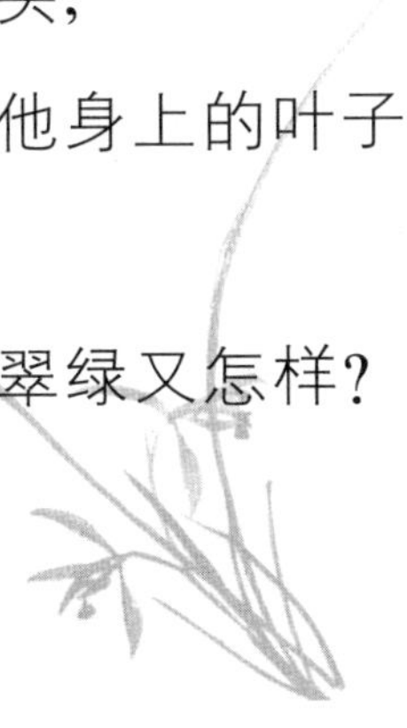

灯下

灯下，她侧着脸看我，
像在看我心里在想什么，
与昨天相比她的举止，
有了出自内心的笑意。

在时代的大河流面前，
我只是那么小小的一滴，
但却是不会干枯的，
唯有她知道我的心思。

雁阵

一位长辈过世了，
伯父写的挽联，
横匾是“雁阵生寒”。
到了由他领队的时候，
他没有畏惧而顺其自然，
人生谁不尝尽苦辣辛酸？
幸而他也享了一点天伦之乐。

无须回首，栖身地是南方，
如今尚未需侄儿来接这个班。
活在梦寐以求的诗行里，
每听见雁鸣都充满阳光。

荷塘月夜

谁将玉兔子衔来的白银，
轻洒得荷塘一片清鲜。

好在有铁栏扶住我的悠闲，
让我的悠闲看见他的足音。

难得这里夏夜是轻柔之手，
会摘去我一天的劳累。

难得玉兔子轻盈的毛腿儿，
轻踩得满荷塘白银相碰。

难得白银与白银相碰的声音，
让悠闲与我的心灵挨得更近。

花香的根

花香对花说，
我渴，给我点水喝。
花对大地说，
我的儿女也干渴。
大地对江河说，
请给我的花们点水吧。
江河的大部队在缓缓地移动，
有水上兵悄悄逃进入地深处，
去寻找花香的根，
花香的根梦里与水们拥抱一起。

可望不可即

这里触及的一切，
似乎不是过眼云烟。
很多花，石头的花，
是不凋零的花。
很多叶子，时间的叶子，
是脱落又再生的叶子。
思念的山，
是无处不在的山。
思念的水，
是永不腐败的水。
空气的瀑布，
是永不枯竭的瀑布。
岁月的桥，
是永不坍塌的桥。
心的林荫大道，
是可望不可即的大道。

大桥

面对一座雄伟的大桥，
一座现代化壮观的大桥，
我的诗思听到了他的笑。

笑得我简直不知所措，
笑得我的诗句轻如鸿毛，
笑得我诗思的千军万马，
如鸿毛似的轻飘飘。

从他的笑脸里我仿佛又看见，
一座很古老很古老的大桥。
那是大江边浩浩荡荡的车龙，
是一座望着老天干着急的桥。

中国的长寿星

你是中国的长寿星，
是我们的十三亿岁。
你面对宇宙一声吼，
整个地球也要颤抖。

响彻长空之声真如铁，
金光四射就像我神舟号。
巨人借力月球的肩膀，
着意化为通向宇宙的天桥。

我们时代的风声

时代迅猛起风声，
有人欢喜有人惊。
喜是幸福随风来，
惊者没了定心丸。

似长翅膀非神仙，
神仙显然是人心。
玉宇澄清万里埃，
人心犹如孙大圣。

愿望是心中的精神矿山

愿望是心中的精神矿山，
正如摇身在我眼里的坚定。
曾经星空之外的星体，
隐约于我生命的中枢，
闪耀着自身独特的光辉，
顺着一阵腹式呼吸的指引，
好不容易找到了另一个自己，
他用笑声说出了一个所向披靡的愿望。

宇宙就在你心中

宇宙就在你心中，
世界已经不是什么世界，
飞在万分之一秒里，世界是，
时间血液的一个红细胞。

从一个红细胞来看万物，
万物的世界在宇宙胸怀中，
看宇宙拥有光芒四射的，
生活的宇宙可将成为过去？

第五辑 人生旅途

从心林深处的小木屋，

经历披荆斩棘刀风剑雨小道，

一路走来，走进高楼大厦林立。

走进属于自己的立锥之地，

住进生活的最低层处，

用欢声笑语来写人生旅途。

旅途

人生何处不是旅途，
如果把旅途说成糊涂，
无异将乌云身后的星星，
指鹿为马是天穹的珍珠。

他带我看他的大片荔果园，
有意无意把看说成视察，
让我看见了他荔果似的心，
看到他心里没说出的话。

我不敢趁机从他的话上走过，
也把自己的良知践踏，
顺从于他善良的憨态，
歇息于途中的一株荔树下。

清明节我们在母亲坟前扫墓

我想起母亲年轻时仁慈的容貌，
想起母亲背上我小时的影子，
想起自己作为一名平民百姓，
心里少了一层负担和忧虑。

母亲生前对红藤特感兴趣，
她说过红藤背子出公卿。
清明日我们去母亲的坟地扫墓，
看见母亲坟前竟长出遍地红藤。

你忘了自己

在这用时间铺就的道路上，
在这用金钱筑起的道路上，
你拉开车轮子无限长的卷尺，
接受道路对你的考验。

一分一秒你继续在道路上，
铺上宝贵的时间，
一点一滴你继续在道路上，
垫上你的人生。

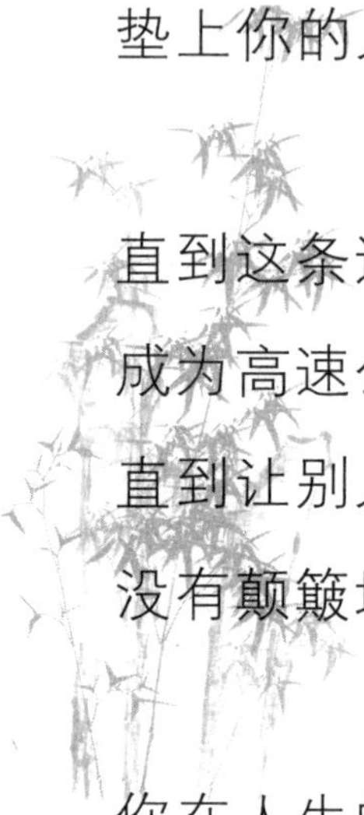

直到这条道路，
成为高速公路，
直到让别人，
没有颠簸地行驶。

你在人生的旅程上，
洒下一路生命力的阳光，
却忘记了自己。

石拱桥下的鱼群

在这石拱桥下的鱼群，
体形较大且多的是红鲤，
似不是个大鱼吃小鱼的世界。
游客们向它们投撒饲料，
它们朝目标争先恐后涌去。
水是不流通锈迹斑斑的，
它们因争抢食物而涌上水面，
不然它们定会隐蔽其真面目，
就像人们总有一种平常表情，
紧张时刻一些人才显现其本性。

狭路相逢

对方是剑锋是箭尖，
是张着血盆大口的恶兽，
是黑乎乎的毒枪口，
最是杀伤力都握在其手里。

黑面罩隐着凶残的狰狞，
人生来到如此境地，
逆来顺受是个束手就擒，
被狞笑为软骨头好吃。

该出手是龙之传人的本性，
用手的青龙刀脚的千钧棒，
直击对方暴露的致命破绽，
飘然纸老虎原形毕露。

知音

我的老朋友，
这回你把话柄，
调转过来拿了，
他的那把二胡，
从来就是低调的，
然而低调不是低沉。

你看他的江河水，
是来个急转弯的江河水，
在海啸的泥石流里，
在天崩地裂的缝隙中，
他逆来顺受的身心，
是万马奔腾的双手，
他抖的弦外之音是乐趣。

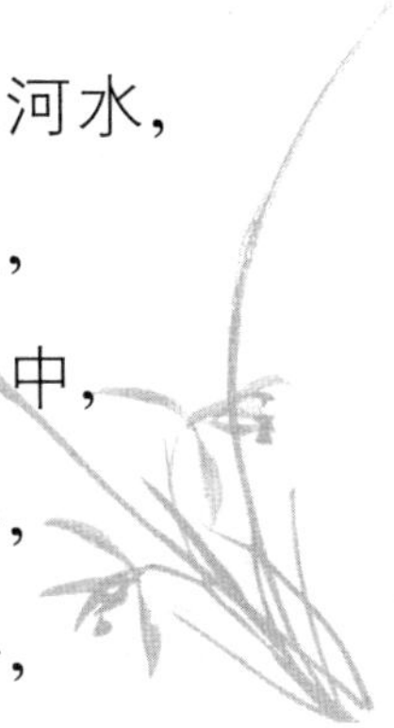

如同悬崖

悬崖就像那个背负起生活，
才自知身单力薄的人，
累得已是透不过气来，
只好靠在天空白云
的一堵巨大的墙壁上。
至于肩负生活的重量，
他总是无从向谁去诉说，
而我心灵的眼里已经流出个句子：
一望无边的山已经难为山。

关于新居

爱人扁起嘴巴于光滑的石凳上，
依偎在我心软的肩头，
好让我空着双方走路时，
也感到双手很内疚，他说。

这回，一位诗友来到我跟前，
贴近我的耳根小声说大声笑，
不是跟上潮流了吗？
厅堂虽不算十分宽敞，
陈设却够得上一首较完美的诗，
每个句子都恰到好处！

她的笑声

她那爽朗的笑声，
是医治我心病的良药。
隐约有古刹的钟鼓，
由远而近随淙淙泉水，
和蜿蜒的小山道，
相继消失在密林深处。
尤其幽静的夜晚，
好像我想写一首诗，
灵感如同蝙蝠的翅膀，
托起一种悲怆的心境。
此时连自己的心音，也会，
碰响我垂窗的珠帘。

耳边总有她的话语很甜，
当我推开窗扉眺望，
山山水水也竖起耳朵，
也如在倾听她归来的足音。

在海滨风景线上

借海滨开阔的视野，
透过时代风云的缝隙，
默默地他正在眺望。

此时此刻也许有人，
在为他不惜把舒适的命运
投向狂风骤雨，
不顾心上人离去而惋惜。

但他感情的屋檐下，
为让鸟儿避过滂沱大雨而微笑，
或为躲避不及栽倒在地的生命，
奉上及时而有力的手臂。

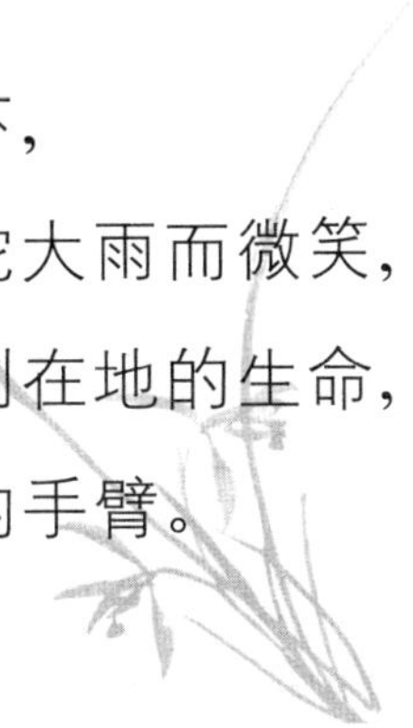

他的雄风，
与被雄风飘起的头发，
已让生活深处的长焦，
悄悄躲在他自己睫毛后面。

山庄

如探出一眉春风的脸庞，
从山间的风景里，
皆因大都市远远，
伸来了一只大手，
牵走了她内心，
反刍酸涩的寂寞。

鸟鸣驾晨曦而至，
如与妙龄少女交头窃语，
轻哼着一首老少咸宜的歌，
山庄就隐约在山歌里，
隐约成一朵迷人的山花，
总有一天会让都市人着迷。

从容

对从骨头里挑刺者，
是一眨眼的轻而易举。

对她就是吞下骨头去面对，
也要在这个世界立足。

只要有了立锥之地，
才能谈得上走来走去，
才能用自己的一片心血，
去描绘多色彩的风雨，
才有可能去与大都市握手，
凭自己的从容自己的实力。

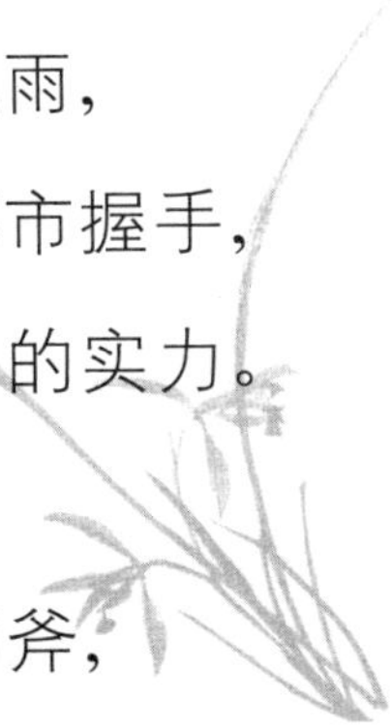

一些人的目光是刀斧，
与她的得心应手是死敌。
而她宁愿用自己的艰辛当磨石，
去让那些人的刀斧磨得更锋利。

一阵风

要说是一阵风，
一阵风就是他自己。

一杯接一杯的烈酒，
背着一朵玉兰花在灌。

一件又一件杂物的往事，
堆成了满目疮痍的废墟。

一阵风是他自己在刮自己，
不知欲向何处已失控。

他的脸是一个干柴的仓库，
别人不忍也不敢浇以水。

密林深处的灯光

今夜在欢声笑语的客厅中，
她头顶的明灯如同正午的太阳，
照得她穷苦过的日子面上有光。
像个本地与过路人说世情，
说曾见她面对过一大片林野，
林野也曾被遗弃在历史的角落，
如阴暗角落弃婴的哭声同样远去，
密林深处站起了一个灯火辉煌。

可笑的事物

在楼宇林立的小区空地，
许多树叶在风中鼓掌，
太阳被楼房的云朵挡在身后，
身前有位白发苍苍的大娘。

她身边有位奶味十足的小童，
她正在倒退着走路，
双手一前一后地轻拍，
双脚一步一步地后退，
老者微微闲着雍容的眼睛，
小童一眨一眨看着老人的表情。

老人的这种动作的想法，
与旁人的心思保持一致。
小童却是有样学样的无知，
他已像小丑鸭学飞的动作，
笑得小叶桉白玉兰泪珠盈眶，
杨柳小姐则笑弯腰笑瘪了肚皮。

夕阳

这位满面红光的老人，
像是应邀去赴豪门盛宴，
走向以宇宙的衔头命名，
全球独一无二的大宾馆。

来到这里往前一看，不对呀，
盛宴怎么一下改为早茶？
他定神想自己是否来错了地方，
又瞧一瞧自己的站位，但见，
向前一步是一道巨大门槛，
退后一步是一座巍峨大山。

平安的夜

我体内生物钟，
与我的敲钟人，
一向融洽相处。
井水不犯河水，
深知我对他们的信任，
报我以平常与安宁。

大都市的喧闹，
是对我的无理干扰，
我总是逆来顺受，
在嘈杂打倒我的平静之后，
来到我喜欢悠然的深夜，
让我的生物钟与敲钟人，
如愿以偿地报我以平安。

当然也有反常的时候，
如今夜，突然一阵吵嚷，
让夜吓了一跳，不知出何事，
都竖起耳朵听，是平安，
夜才恢复平静舒了一口气。

偶想起当年的他

他拂袖而去，

头也不回，

叫伤心望着他的背影，

越去越小直到消失。

人各有志，

独木桥阳光道，

由你定夺去走。

直到什么都让日子淹没，

两只脚变为三只脚。

近日偶遇另一老友，

提起他只是摇头。

竹门

我哥哥木门外的竹门，
好像一道疏疏的篱笆，
在人来人往的小镇中心，
竹门虽然没有铁门牢固，
多年来却给了我一种
不安全里最安全的感觉。

凡有亲朋戚友来访，
竹门未开必先有亲切的足音。
长年旅居大都市的我，
每推开哥哥虚掩的竹门，
心情如同走进竹森深处，
品茶于古色古香的宜人风景里。

老屋

这是我祖父留下的种子，
也是祖父大梦中的种子。
这时候我已站在了高空，
曾经闲着的肩头上，
快摸着白云我悠然遐思，
我享受着人生这悠然的瞬间，
我们早已拾级攀登而上，
并抓住了鸟语花香，
更是抓住一首诗的意象，
那是对一生两袖清风的祖父的怀念。

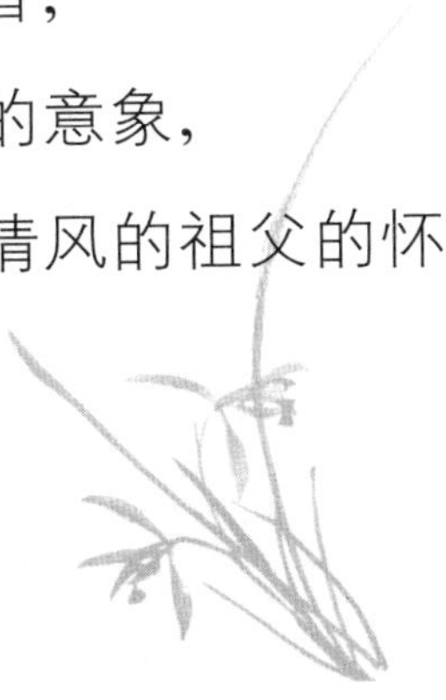

古榕

从侏儒似的泥瓦老屋脚印，
站起了身体魁梧的楼宇，
小小村庄种子似的，
生长起一座南方小城。
小村口变成为小城门，
门前守护神是这棵驼背古榕。

细看它不像驼背而像俯身，
谦逊地欲扶起朝拜它的人。
用绿叶的眼神与清风说笑，
长长的胡子也笑出了声。

曾经沙子与石子的拥挤处，
最恨石子与人们的脚板过不去。
它手搭凉棚不知望了多少年，
终于望来一条六车道水泥路。

古榕俯下身子的姿势像在说，
人们的朝拜它当之有愧。
它更像那不服老的长跑运动员，
蹲在起跑线上等待着起跑的枪声。

大佛寺

我的心就像那被放飞的云雀，
飞在大都市也如大自然的蓝天，
望见大佛寺就站在大都市心中，
在喧闹市区的沉重里，站成了，
一个大佛轻松的脚印。

如同钢筋水泥的林野深处，
常有动听的流行歌曲，
充当人们的精神粮食，
更有世人喜闻乐见的沉沉钟鼓声，
清净早晨、黄昏安宁的门庭……

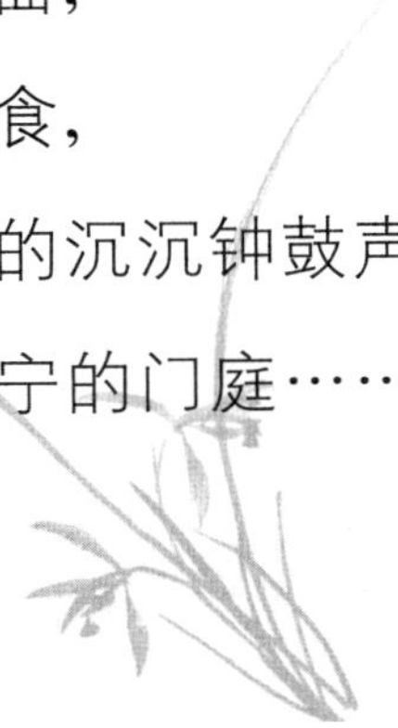

启迪

从小我的父亲便以
“笼鸡有食汤锅近，野鹤无粮天地宽”启迪我。
时间的浪涛拍打生命的小船，
人生从浅滩驶向生活的海洋。

蚕儿来到结茧的时节，
茧如天空枝头上的白云，
白云铺古老而现代的丝绸路，
道路的绳索缚不住翅膀，
向往着无限辽阔的天地。

读你的心事

你的心事，绝对，
不住在生活的鼻尖，
我从你的心事里，
读到一个不羁的广阔天地。

我常在人生失意之际，
读到你心事的点子，
如看你指挥一支球队关键时刻，
亮出制胜的秘密武器。

读你如何在信息为山的今天，
向信息银行存入和提取你的所需。
在瞬息万变的竞技场上，
立自己于永远的不败之地。

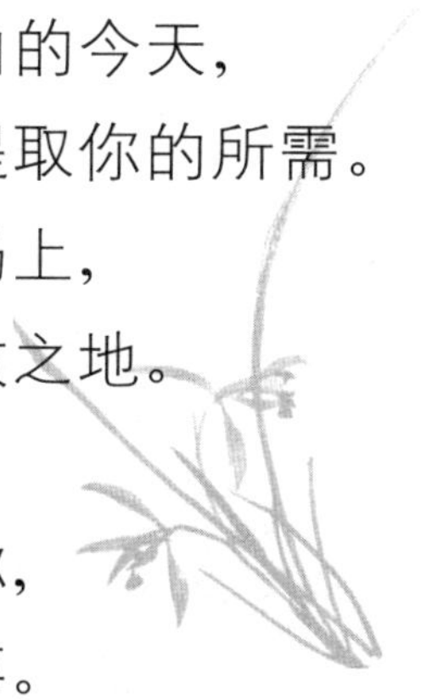

读你的心事，谈到你，
决不停步去咀嚼往事。
不是让昨天辉煌作为今日的热门话题，
你的心事有常读常新的
一万种滋味儿，
如同有一万种色彩的诗。

散步

沿一条无限幽远的林荫小径，
你和相见恨晚肩肩相依。
踏着林梢筛下的碎银，
和碎银覆盖着的许多琐事。

两旁树木是一路端庄的仪仗队，
以外是新开辟的长条形鱼塘。
无异于大海向爱情让开一条路，
所有事物都是那么善解人意。

让你感到这个时候的人生，
是登峰造极的境地。
还有什么可以是或者不是？
什么都只不过隐藏于二字而已。

一种设想

没有阳台时你思念阳台，
有了阳台你思念后花园，
后花园百花谈笑风生，
笑蝴蝶实在太癫狂。

笑得所有的蝴蝶都不是蝴蝶，
笑得所有的芬芳都不是芬芳，
笑得你思念的花园成不了花园，
笑得你的思念成不了思念，
笑得所有事物成了一张白纸，
而白纸最痛苦是两手空空。

有一种设想你从未说出，
你说不是气候绝不会公开。

随意

麻雀落叶似的落在树荫下，
寻啄旅人弃下的饭粒饼屑。
晃动着大白里的小黑瞳仁，
截然没有昔日前瞻后顾的恐惧。

但见小儿的好奇正朝着它，
跌撞着幼稚而欣喜的童真。
看来他知道谁也不会去抓他，
一闪念已被我心灵的快门定格。

原来这一切都是虚幻的，
是我的随意伏在白纸上打了个盹，
末了仿佛有谁蹑手蹑脚来说，
叫什么颜色去说话都没关系。

逛庐山

逛庐山可是浮云以及
山风才敢口出的狂言。
相隔四十多年，
也只不过是相对一望。
我如在梦中，
雄伟的南昌大桥上，
遥望仙人洞，
无异在看我的真面目。
正当我注视着领袖峰，
却有镜头伸向我这平民百姓，
并笑称为蒋委员长。
这在昔日，那还得了？
庐山啊，今日在心中，
只不是山连山，有何非凡？

意外

当今都市尺土寸金处，
哪有寂寞与荒凉的立锥地？
一个飞天遁地之谜，
一直深藏在我心底。
我说生活的枝头上，
春风与阳光在耳语。
七色花仰着美味的脸儿，
好像在笑我无知。
但无知有无知的气质，
它的开心与繁华坐在一起。
思路走过水晶宫长廊时，
意外发现一串神话故事。

命脉

苍鹰在空中遨游，
鲟鱼在海里奋飞；
车轮在地上扬尘，
果树在园里孵育后代，
我的影子在黑暗中消失。

苍鹰离不开天，
鲟鱼离不开水；
车轮离不开道路，
果树离不开大地，
我的影子离不开我自己。

活在我内心世界的神奇

我们有过被称为愚公的历史，
有过风流倜傥的披荆斩棘，
多少历史风云的脉搏，
不把住今朝更待何时？

一只小蚂蚁站在嫩叶上呐喊，
喊什么谁也没把它当回事，
一千万只小蚂蚁正在齐心合力，
拉开妄想挡住时代车轮的螳臂，
这是活在我内心世界小小的神奇。

大地

大地终于睁开眼睛，
醒于依然风风雨雨的天下。
而天从来就没有睡，
醒在阴暗时的雾霾处。

阳光更是永远不会睡去，
日子的大地总会有被阳光照亮的机遇，
还会落叶归根到自己身上。

而在大地一片抽芽的时光里，
展现着时光铺开的生机活力。
使人也有着手头的大地，
感受自身活着一点一滴的变化过程。

在母亲灵魂着陆处

来到母亲灵魂着陆处，
正是风雨后天庭垂下了，
七彩拱桥美丽无比的时辰。
满脸红光鲜艳的朝阳，
也悄然来访我的母亲。
园林里石凳上安详坐着，
我的一脸栩栩然的笑容，
还有一朵白云乘微风小船，
前来躬身三鞠天庭礼。

虽然天上的风雨曾经
在我故乡家里酸涩过。
苦尽甘来本是人生应有的历程，
从满脸春风微笑里，足见母亲，
此时此刻是多么地开心……

苦楝

是个苦苦等待的身影，
好像等待着来自地平线。
旷野里那个新鲜
而温暖人心的阳光。

安静是它唯一的意念，
在风雨过后夜色匆匆中，
万物栖息平安树林深处，
此外平和里某个角落。

悬崖的屋檐下，夕阳，
经过的小径的转弯角，
还有个放松全身心调息苦练，
不愿一下子老去的定力。

从前归从前

从前归从前，
在你心目中，
只有现在和未来。
现在种种事物，
是否有如花香鸟语，
能统统住进人心里？
一切歪风邪气，
能否被众人心，
踏在脚下的卑鄙？

至于乡村粮食住所，
城市该不该不断去攻占？
乡村的路子又往何处撤退？
如何让大家都同有个强身健体？
于是让人想起一位，
当代伟人提出的好主意。

昙花

只是来自天涯，
长廊里的秘密，
早被古时代的罗状元，
成仙之际所破译。

留给人间清清淡淡的记忆，
一股永远活着的幽香，
是城乡中间的隧道。

鹤发童颜拨开阴云，
从蓝天的门隙里，
删不掉每一天都新鲜。

爷爷的笑

爷爷虽走远了，
他的笑却没走远，
常回荡在我记忆的深山。

深藏在大横山岭的故事，
他笑得一步跨过一座大山。
因此一分一秒比生命还宝贵，
根本不能睡。

爷爷笑声的长空，
足足九十个年头，
收回只在一瞬间，
走时依然那张笑脸。
仿佛笑着说，那是没的睡，
现在他要补睡个够了。

时光的三兄弟姐妹

时光的三兄弟姐妹，
德高望重于心明眼亮的蓝天下。
信心百倍于胸前的大远方，
行动迅速于我们田野土地上。

时光的三兄弟姐妹，
居安思危时共同的心愿。
心愿的热血畅通于时代
体内的每一条微细血管之中。

大横山岭

大横山岭在遥望，
遥望我长年居住的闹市。

正当一列提速火车，
在其脚下的村庄前呼啸而过。

不甘无所事事的大横山似乎在说，
肝脑涂地也在所不惜……

第六辑 感悟人生

难得有个春光明媚的好日子，

透过微笑窗口的眼睛，

遥望也微笑着的美好前景。

回顾自己得糖尿病20余载，

刻苦广泛学医科基本常识，

已学会调养治愈自己的糖尿病，

不忍睹越来越多人患此慢性病，

特将亲身经历说给民众听。

我是一名有二十多年糖尿病的患者，通过广泛学习医学知识，不久前，我已学会在不服用任何药物和不注射任何胰岛素的前提下，彻底调养好我的糖尿病了。由此说明，糖尿病并非终身病。感悟人生，有很多病患都有根可寻，我也深深感悟心态和饮食规律的重要。我希望把自己的亲身经历及其学习心得分享给大家，必须强调的是大家应联系自己身体实际情况，哪怕对大家的健康有一点点助益，我也深感宽慰。

饮食与健康

有专家说，吃好一天三餐饭，身体健康。吃什么呢？他没给出答案。

这可以从几年前新华网透露中央首长一日三餐食谱来说明问题。

早上：半杯牛奶，一盘小菜（凉拌海带丝、胡萝卜丝、青椒丝），一个麻酱咸花卷，一碗小米粥或莲子羹。

中午：杂锦炒锅（里面放十种以上的食物）、一两左右的红豆或薏米饭。

晚上：氽（音“蹿”，即用开水滚一下）萝卜丝鲫鱼丸子、小米粥。

此外餐后加些水果或酸奶等食物。专家说：这是现代人平常所用的益寿饮食，以植物性食物为主，起码占85%～90%，动物性食物比例占少数，是很符合人类是植物性食物动物特性的。所以首长们虽工作很辛苦，正确的饮食会使他们有足够的能量，保证他们身体健康。

我一般是以吃小米饭或小米粥为主的。我们每个人都各有不同的饮食习惯，有关专家提倡我们养成良好的饮食习惯，要做到平衡饮食，使饮食多样化，即什么食物都可以食，只是讲究量的问题，这样才能满足人体对某些微量元素的需要，以免缺乏某种微量元素而产生某种疾病。好像中央首长的杂锦炒锅（里面放十种以上的食物），又如有人专一吃白菜，这是不可取的。市场现在蔬菜应有尽有，其中西兰花、白花菜、包心菜、韭菜花、菜心、芦笋、西芹、甜椒、胡萝卜、番茄、大葱头、蒜，等等都是可以轮流来食用的。

大鱼大肉的吃法是绝对不可取的，这已成为许多人的养生基本常识。但就是有人明知山有猛虎，却偏往山中行。有位老同学，年已七十，他说已患有严重白内障，要做微创手术，在瞳孔穿个小孔，取出瞳仁，换上个人工晶体瞳仁，两眼皆是，这个新医学技术，我还是第一次听到的呢。当年劝他应当以素食为主时，他竟带笑地说，那就别愚弄他了，还说他就是“食肉兽”，每餐只能大鱼大肉才能吃得有滋味，才能吃得下饭。甚至觉得蔬菜也是无什么滋味。更说：“你吃你的素为主，那就行你的阳关大道，我行我的独木桥好了。”

自此我不再去问他严重的白内障是从何而来，心想，那就各自走着看吧。

经有关检测，人体有70%是水分，可谓人是水做的。每个成年人每日需饮水7¯8杯，还须根据各人的具体情况和不同季节而定。其中早上空腹1杯温开水，被认为是救命水。饮水时要小口小口慢慢饮，让水分流进肾脏，肾脏有向全身分配水分的功能。然后留两口是大口喝下让其润肠通便。

专家认为白开水是最好的水。无需加盐和其他营养物质，水的要素是溶血液■稠度，预防血管堵塞。所以不饮水是肯定会生病的。

日常我见大家都已注意饮水，但很多人没有注意小口小口饮的要领。至于饮水时间，需在三餐饭之前的1小时1杯的开水为好，饭后1小时再饮水为好，以免冲淡胃消化液，晚上睡前饮一杯。半夜如小便之后最少小饮一两口。

我回过头再看2007年公布的“中国居民平衡膳食宝塔”中最顶尖层是盐6克、油25¯30克。想来也应是有关医生、专家所定。而在用量方面于康老师却主张每天用油10克，是远低于国标水平，是无可非议的。

“治未病”却有不同看法，说现在不只大都市，超市四处有，里头货架上摆着各种牌子的食用油，简直琳琅满目。

人们收入增加，生活富裕了，吃油也非常讲究。平常吃动物油的人家少了，却对植物性浓缩油非常感兴趣。

其实不管是植物油还是动物油，每克都产生9大卡热量。吃植物油过多，即摄入热量过多了，是肯定会生病的。

素食主义者，即使是僧人，在植物油的用量上往往也是大大超量的，尤其是油炸食品吃得太多，所以奉行素食主义者，有一部分同样会死于心脑血管病、糖尿病、癌症等各种慢性病。

据说这种植物浓缩油是中国人发明的，这可是中国人犯的一个错误。植物油的口感好，吃起来香，用量就难以控制。尤其饭馆茶楼，油炸食物应有尽有，蔬菜食物也是油淋淋的。有多少人会知道多吃植物浓缩油是不利健康的呢?

这些年来，我已学会调养好自己的糖尿病，已有把握在不服用任何药物和不注射胰岛素的前提下，让自身的血糖空腹保持在

6mmol/L左右。

以平衡饮食，每日三餐或两餐或每餐以7成饱左右，免于增加脾胃、胰脏的负担。所用的食物有小米、玉米、燕麦片、荞麦、黑米、红米、紫糯米、黑豆、黄豆、扁豆、赤小豆、薏米，有时兼白米、百合、茨实、腰果、麦冬、核桃仁（生）、白米豆，蔬菜有木耳、银耳、西兰花、椰菜花、芦笋、包心菜、甜椒、菜心、大白菜、奶白菜，等等应时节菜和各种瓜类。水果类有苹果、西瓜、番茄、柚子、杨桃等，轮流食用。

以参照中央首长们的食谱，为使营养均衡，每天还少量吃一二两肉类，以猪瘦肉为主，有时也吃点鲢鱼丸子。

调养好糖尿病关键应变，比如与亲朋戚友上茶馆聚餐，多吃了点肉类或多精制油类，第二天空腹血糖已达8.3mmol/L，该早上只喝白开水，加一两条小菜心。中餐前检测血糖在4.8mmol/L之内，中餐就可以日常一样用餐，如中餐偶尔吃多了点，晚餐主食就以一片咸饼干代之。总之一般以吃七成饱左右，如果还想再吃，就有损健康了。并坚持饭前半小时先饮少许汤水，饭后1小时左右再喝一杯白开水。什么饮料也不去饮。

日本有专家评价青菜汤的作用，用了个发人深省的比喻，说人体就像一片小土地，喝青菜汤如同灌溉这片土地的肥料，把这片土地培养成癌种子没法生根发芽的土地。据检测分析研究发现，此土地应是呈碱性土地。

据有关专家普查呈碱性体质的人不易患癌症；绝大部分患癌症病人，体质都是酸性的。所有的蔬菜类都是碱性的，素食中所有谷米类、苹果等水果也呈碱性，所以我们以素食为好，应该减少食肉，或以不食肉为理想。

此“青菜汤”是日本细胞学博士立石和

发明的。他发明青菜汤的起因是他父亲和哥哥相继患癌症死亡，他自己也罹患癌症，虽已手术切去部分胃和肠道，但癌细胞已转移到肺部，他一边与癌魔苦斗，一边埋头研究用天然青菜作为食疗来对付癌症。细心检测各项青菜所含微量元素和营养成分与抗癌作用的大小，他花了长达20多年的时光，从多达一万五千多种天然青菜中选出了五种青菜，他发明了青菜汤。五种青菜及其用量分别是：白萝卜25克、白萝卜菜叶15克、红萝卜12克、牛蒡8克以及香菇两片。

此青菜汤不但救了他自己，还将日本的二万五千多位不幸罹患癌症的民众从死神手中救了回来。所以被称为“日本救命汤”。

养好心脏，“养”是生命之源动力。来自菜篮子的“养心妙药”，番茄（也称西红柿）被心脏疾病专家称之为“心血管的保护神”。

据营养学家的研究测定：番茄中含有果酸，能减低胆固醇的含量，尤富含维生素A、C、B_1、B_2以及胡萝卜素和钙、磷、钾、锌、铜、碘等多种元素，有保持心脑血管壁的弹性，对心脑血管起到保护作用。每天食用50～100克新鲜番茄，即可满足人类维生素、矿物质的需要。

此外，番茄素有抑制细菌的作用，含苹果、柠檬酸和果糖类，有助于肠胃消化功能，等等，所以番茄是养护心脑血管的蔬菜中之佳品。

心态与健康

我想从人人皆有的心理暗示说起。心理暗示有积极心理暗示和消极心理暗示两种：积极心理暗示，使人有个光明前景的信念；消极心理暗示，一遇疾病痛楚缠身就垂头丧气，严重的会使人失去活下去的信心，是会出大事的。

我还想从我的人生经历来说明，那是十年前的事，曾有一次并发症住院，先是咳嗽不愈，并有左胸隐痛感，去看两次门诊均吊两瓶左克针剂，使病情更严重了，不得已住进某大医院，经拍片左肺有个5厘米大的阴影。有位女教授断定为肿瘤，并当我面给我的儿女递病危通知书，她挟病体去化验。我是懂医学常识的，知自己从无咳过血，只是淡痰，不同意▮甘破病体，她要让我吸氧气，我说我呼吸顺畅，不必吸氧气。随后用打胰岛素和先锋八微素针剂治疗。一星期后再拍心肺大片，原来5厘米大的阴影明显缩小为约1厘米，隐痛感和咳嗽均已消失。而女教授仍坚持是肿瘤来吓唬我。我想她定有意夸大病情，这样把我医死了，她不负任何责任。一直住了22天，什么都检查过，我要求出院。这时有位主治医生说那是肺痈，不是肿瘤，并竖起大拇指，小声说我心理过硬，从而提高了免疫力。

1943年我们家乡发生大灾难饥荒，家乡一下子饿死三分之二的人口，市面上食物严重紧缺，比较容易买到的是黑豆。我父亲是个刻苦耐劳的人，每天挣得微薄收入养家糊口，那时候我有一大哥一妹妹一家五口，每日三餐只有一小杯炒黑豆配韭菜水。我的母亲向来疼惜子女，她自己宁可挨饿都要让给子女吃，一餐两餐不知熬了多少餐。一天早上她终于晕倒了。我父亲是个醒目人，他知道与他有点交情的伯伯家里存有白米，便借来半斤，马上煮粥然后一勺一勺吹着喂给我母亲，当她微睁开眼睛看见幼小年纪的我也怪可怜的，安慰我不要哭。我看看自己已经饿得只剩一层皮包骨。我的母亲从那次活过来，一直活到1988年，73岁才罹患脑中风去世。

我也是从死亡边缘活过来的，活到这把年纪，来到这个丰衣足食年代，实在是来之不易，我还会继续活下去，而这来之不易的日子里我们都应该懂得如何珍惜我们的好日子才对。至于怎么来珍惜，我是以通过养好自身疾病的实实在在的经验，分享给大众，穷尽人生的晚年余力，来为人民做点好事的。

这是有关医师通过实地调查的真实例

子，香港艺人沈殿霞女士，从她肥胖的身型就可看出并非属于健康的体态，原因是她自幼就喜爱吃肉，结果吃出一个欠正常的肥胖体型。尽管她为人和善，性格开朗，然而饮食方面的不良习惯，导致她40 岁刚过就患上了糖尿病、胆结石、代谢紊乱综合征，61岁因肝癌辞世。

据说她在肝癌后期还专程从香港坐飞机到上海吃大闸蟹，可见她对自己患病的身体不当回事。

我工作过的工厂，有一次全体员工体检，复检出两位罹患癌症。一位是打铁出身的近五十岁的人，他平素也吸烟喝酒，在我心目中是一位“一不怕苦、二不怕死”的人。他曾一拍胸口对我说：“我活老虎能打死两三只。”然而毕竟只是口头说说而已。当被检出还并不是晚期的鼻咽癌时，他的心理防线一下子垮了。大概他想象的癌症是绝症吧。经一段时间住院治疗，之后回家养病，平时他满面红光，只几个月就变得脸色苍白，骨瘦如柴，不到半年便去世了。

另一位是年龄四十多近五十的钳工老师傅，他被检出肺癌，也是烟、酒惹的祸，马上住院动大手术，开胸切除半边肺。但谁也没料到在癌症面前他的心理是经得起考验的。十多年后我见到他时，他用双手做了个扩胸运动动作，然后笑着对我说："你看，我现在的身体还算可以吧。"

工厂地处近郊，曾有位务农回城的员工，他有个怪癖就是整天吐口水（是唾液而不是痰），因为他不学无术，工厂只好派他去看守传达室。传达室门前有道小排水沟，他就是往此沟里吐口水。工厂有的是女工，附近农村也有，但谁也看他不顺眼。他已年过30，却始终找不到对象。看他心里苦闷，我曾前去劝他为了健康，这个不良习惯应该改了。他不但不当回事，甚至他向我解释道，他现在不喝淡然无味的白开水了，而是喝起有滋有味的白酒了。说着还拿起搁在桌边下的一瓶白酒喝了两口。我郑重其事地对他说，这样更加不利于身体健康，他却只是一笑了之。

事隔约半年，他检查出了肝癌晚期，之后病死在肿瘤医院。

我活了九十三岁的父亲教我做人事事都要保持问心无愧和平心静气。这些年来我有了新感悟，是对付疾病也应保持这种平静的心态。同时谨记他常说的“凡药三分毒”，有病千万勿乱吃药。

有如对待谁都会患上的感冒，凭他的人生经历，教我感冒应勿再出去吹风，应适当多喝温开水，好好在家睡觉静静休息，不过两三天就自然会好的。我效仿父亲做法，果然很灵验。我曾把这个对付感冒的土办法告诉亲人，后来一想也许各人的具体情况不同，但也不致害人。而在社会上出现感冒上医院看内科吊针丧生的事非常让我吃惊。一个是我认识50多岁的人，可能因感冒难受到附近卫生院看医生给他吊针而丧命，我不敢问吊的是什么针水。而另一位是外地来广州探亲的40多岁妇女。原来感冒吊针会出这么大件事，死者的亲人把医院告上法院。医院败诉，也只能赔礼道歉赔钱，但人死了，赔的钱又有何用?

看来我对付感冒的土办法很值得分享给更多的朋友。我已得知感冒吊针出大事的原因，有顶级医生早已点明，感冒是病毒引起的，病毒无细胞核，是任何药物和抗生素都无法医治的，尤其吊抗生素针，会起反作用，造成肾衰竭让人丧命的。所以医生给感冒病人吊抗生素针，本身就是一种无知的做法。

原来我那养感冒的土办法，正是那位顶级医生所说的好办法。同时说明，从养生出发，睡眠也是很重要的，专家认为，老年人每天应有7小时睡眠才好。

李光耀在短短几十载，带领新加坡从一个缺乏经济禀赋和安全保证的弹丸之地，跃升为著名的“亚洲四小龙”之一，其小国生存的一些道理也值得大国思考、借鉴。这位新加坡的华裔“国父”，不但为中新发展倾注了大量心血，为像美国这样科学发达的超级国家了解中国与中国沟通同样做出了最大的努力，做出了极大的贡献。

李光耀自1976年首次访问中国至今39年间，共访华33次，是世上罕有的与五代中国领导人都有过会面的国际政治家。他是位很有远见、说话很有分寸、很有分量的天才人物，这都是举世公认的。

李光耀对中国的一些预言，正在成为中国的现实。他说过，西方一些人希望中国变成传统意义上的民主国家，但这不会发生。中国是个有着十三亿人口的巨大国家，文化、历史都与西方不同，中国有自己的方式。还说，中国的崛起已令西方和亚洲某些国家颇为不安。中国一再承诺坚持和平崛起，绝不谋求霸权。对此，李光耀认为中国会选择低调地强大起来，影响力得到提升，不会恃强凌弱，但同时也会展示力量，他还说，中国将寻求与世界最强盛的那些国家平起平坐，有望成为世界最伟大的国家。

当我看到和想起李光耀这样有大智慧的伟大人物，只要稍花一点点精力，看好自己的身体，就不会患肺炎被夺走生命了。一个人的身体是要靠日常调养好的，一不小心不顾自己的身体，只是肺炎就必须依靠医院去治，无论医学是怎么个发达法，对肺炎也只能用抗生素之类，天知道是不是属于对症下药，此时的生死已握在别人手里。所以我认为李光耀应不止活91岁。

操劳与健康

不管老人或年轻人，身体要健康，要提高免疫力防治疾病，每天都必须活动活动全身的筋骨，适当运动，以保全身血脉流畅。

有许多专家指出，走路散步是最好的运动，主张每日走路1万步，但就没时间去走1万步的群体来说，就显得不大切合实际了。

我根据自身的实践体验，归纳出几种可供选择又被公认是好的运动方法，给朋友们参考，去试试看。

（一）站桩或静坐放松法：放松全心身，面带微笑，双脚与肩同宽，或坐椅上床上，舌尖抵上腭，两肩下垂，双手掌心向胸口或肚上脐下三寸处，十指轻轻斜向下垂。静静地站15－30分钟，自觉全身舒服便达到效果了。此法有大师自创的“抱住健康”法，并说：放松是人体最好的大药。

（二）太极法：也是全身心放松，面带微笑，双手掌心可向上向下、向内向外，做伸或收左右缓慢移动，双脚也配合前后移动，可以不去管专家全套路的太极法，可自创两三个动作，也可到公园去学习一下。然后自我发挥，只要做起来觉得舒服就行。利用早晚空闲时间来做，不受任何时间限制。

（三）缓慢的深呼吸法：在空气较清新处，站一会儿，工作室窗前，有阳光处更好，挺起胸膛，缓慢深吸一口气，吸气时肚子凹进去，呼气时肚子凸起来。双手臂可配合做扩胸运动，然后慢慢呼气，还可配合做腹部呼吸，对缓解工作压力绝对有好处。

（四）放松全身心双手冲拳法：双掌握拳，齐出或轮流向前冲拳，也可双手臂做扩胸运动然后冲拳，视个人实际情况用力就行，可结合做前后健步，像运动员那样打空沙包也行。

此外还有双手前后左右甩，上下前后指

掌心掌背，向前或往后漫步，都是活动筋骨的可行运动办法。需要强调的是，无论用哪一种运动，都要按照个人的身体实际，自觉身体舒适为好，运动量要适可而止，尤其老年人，千万勿激烈运动超量。

有关专家表示，中老年人每天应有7小时左右的睡眠时间。记得当年有位峨眉武功的领军人物，因带儿子来中山大学报到，又忙于其他事务，三天三夜没睡觉，结果猝死于广州某宾馆，估计他们的功法是硬功。近来中央四套晚上都在播放弘扬来自中国各名山寺院千年武功的节目，其中有位崆峒派武功的名僧说过，现时各种功法，目标都在强身健体，而硬功会因发力而不利于脑血管循环，发气力时应加个放松环节。

我又想起睡眠和多喝白开水在感冒期间对提高免疫力并短时间内可自愈所起的作用是不能小视的。当睡不着时应该放松全身心，也是个最好的方法。

我还想起一位国医大师说，医生也是会生病的，他就患过糖尿病和前列腺炎等疾病，他说他有个救命粥可介绍给大家：

薏米30g，赤小豆、紫糯米各10g，煲成粥，每天早晚各吃1碗。还有每天保持生吃两个核桃仁。

我们应该就我们自己的国情，拿出我们的勇气来，走出一条新路子。这条路子说来很简单，但是实施起来却是困难重重，需要我们有关部门未雨绸缪，需要权威专家的大力支持，如果一直陷入学术的争论之中，是什么问题也解决不了的。疾病失控状态会更加严峻。国家也将会蒙受更大的损失。

不良的饮食方式是带来疾病的主要根源。改革开放后，中国人民的生活水平在不断提高，同时国民饮食西方化速度太快，造成疾病，尤其慢性病、“富贵病”在迅猛增加，现在应该是扭转方向的时候了，我们应该大力恢复东方饮食结构，应以素食为主，我们中央领导们早就已经这样做了。这是很值得我们学习与效法的。

随着祖国的繁荣昌盛，给我们带来好日子，我们很多年轻人、老年人，想吃什么有什么，有些朋友专讲享受，将自己身体的健康管理置之度外。

甚至有中年朋友说，我们现在可以过皇帝生活了。皇帝吃的山珍海味，我们也有了。但他们没有想过就是过去三百年来，有哪个皇帝是长寿的？据统计，清朝有12个皇帝，同治19岁就死了，顺治23岁，光绪38岁，只有乾隆帝活到88岁，而他最爱吃红薯，还爱吃小米发糕。当然皇帝短寿与他们的纵欲也有关系。所以我们享受，不应该只顾大饮大食。我们应从长远之计出发，来享受健康，让人能够活得更长久些才对。

以毒攻毒是从西方引进的西医治癌症的技术，叫化疗。现代科学在迅猛发展，医学靠吃药、点滴、手术三板斧是停滞不前的。医治癌症还停留在化疗阶段就令人痛心，当年我在医院陪夫人治癌症，想起那度日如年的时光，让人心寒。医院每天都有不止一个死人被抬出去。我问过一位远房亲戚，他说他在这家医院当过这么多年护士，医院从来没有医好过一位癌症病人。化疗是一种杀人不用刀的医疗手段。其理论依据是以毒液来杀死癌细胞，结果将人体的正常细胞也杀个七零八落，当年一支美国进口的化疗针是8000元人民币。化疗让我夫人的一头黑发都掉光了，更严重的是进不了食，吃什么食物都呕吐，只能靠输液和输血，是对癌症毫无治愈效果的。

一本《一切的疑难杂症都是纸老虎》是六代名医世家出身、顶级医学家王晓斋的专著，提出人体自身是有防卫机制防线的。癌症也是慢性病，人们不必谈癌色变。他说，我们首先应该启动人体自带的抗癌第一道防线——唾液。唾液有很好的抗癌细胞、消毒的作用，还能有效分解食物的毒素。我们吃饭菜食物狼吞虎咽是最不可取的，应该细嚼慢咽，让食物与唾液充分搅拌，只有这样才能让食物的营养素被消化道充分吸收，才能让唾液发挥抗癌作用。

据知情人士透露，广州市有位98岁的离休北方汉子，身材魁梧，鹤发童颜，神采奕奕，被誉为“返老还童”。

其“返老还童”方为：

一、经常食用猪皮熬花生；

二、常吃黑木耳煮洋葱头（我加枸杞子、腰果和红萝卜切条）；

三、主食以白米饭、面条为主（我多吃小米饭）；

四、蔬菜以西兰花为主（我加椰菜花等多种时菜）；

五、榨红萝卜汁（我以牛蒡、红萝卜、香菇煮为青菜汤）；

六、水果以苹果为主（我每天一两个番茄加两个生核桃仁）；

七、运动：他每天大步流星于大街小巷或公园，我近期在练习中国武术、中国太极功、意形大成闪电式掌法、崆峒山寺武功、气功法等，以强身健体。

此外每周食用一次薏米煮金银花藤，并且每晚用热水泡脚。

后记

我的第一位启蒙老师是父亲，
小时候小学语文课流行造句。
父亲说，一个是可以造一千个句子，
同是字也可以写出一千首自由诗。
父亲当年曾经写的是字诗，现只记得：
“竹篱笆、石板桥、小山溪，
是小山村一道亮丽的风景线……”
进而是诗坛众多的辅导老师，
让我刻苦耐劳活到老学到老，
不愿做个无所事事的人。
活着就要做点有益人民的事情，
不然就白来到尘世一趟了。